La Dentellière de la brume

Du même auteur

Chez De Borée

La Promesse

Le Loup du marais

Le Passant de l'été

Les Amours de Louise

Chez d'autres éditeurs

Les Voleurs de soleil

Raconte-moi, Lucie

Un été bigouden

Imprimé en U.E. en août 2011
Dépôt légal : septembre 2011
ISBN : 978-2-8129-0376-2
ISSN : 1769-1788

Anne-Marie Castelain

La Dentellière de la brume

De Borée

À Jacques,
à Nathalie et à Pascal,
nos enfants.

Avertissement aux lecteurs

Malgré de nombreuses documentations en bibliothèque, dans les musées et expositions en Bretagne, l'auteure s'est permis de faire appel à son imagination pour combler ses manques et surtout laisser à cet ouvrage sa vocation de roman.

Elle remercie les aimables personnes du pays bigouden qui ont subi des questions sur un temps révolu, les laissant parfois dans un grand embarras...

I

Le retour de la pêche

On ne disait plus le cap Caval, sauf les vieux qui savaient encore déchiffrer les cartes maritimes anciennes. Penmarc'h s'était placé au deuxième rang des ports français au XIVe siècle et nombre de vestiges, manoirs, églises, tours, porches, témoignaient encore de sa splendeur passée.

Louis ne se souciait pas de l'histoire de son patrimoine, pas plus que des rumeurs qui circulaient dès sa tendre enfance sur l'existence des ruines de la ville d'Ys enfouies dans l'océan, à une encablure de sa maison.

Son horizon, c'était la ligne bleue séparant la mer d'un ciel trop blanc ou couleur d'ardoise. C'était la mouvance de cette nappe liquide capable des pires véhémences, qui vous démantelait une chaloupe sardinière avant de la tirer par le fond. La mer pouvait être garce mais il ne lui en tenait pas rigueur. S'il ne combattait pas à armes égales, il lui devait la vie lorsqu'il fallait se mettre à trois pour ramener les filets pleins à craquer d'étincelles bleues.

Ils étaient partis à l'aube dans une lumière rose, le soleil encore prisonnier au bout de cette mer, jetant parfois des éclairs rouges comme des cris. Toute une flottille les environnait : voiles vermillon, brunes, orangées, tendues sur les grands mâts et les mâts de misaine dans une vision de carnaval. Puis les chaloupes sardinières s'étaient écartées les unes des autres comme un éventail géant, chacune allant communier avec les grands fonds pour lancer les filets.

Le patron à l'arrière, debout à la barre, semblait figé, tant son attention était grande à louvoyer au-dessus des étocs, ces nombreux écueils dont certains hérissaient la surface, d'autres plus diaboliques dissimulés par les vagues.

Buannic – patronyme signifiant coléreux, irascible – s'adressa pourtant avec bienveillance au mousse qui ne perdait pas un des ses gestes pour apprendre le métier : « Alors petit, tu peux nous le dire le coin des sardines ? »

Gaël, habitué aux brimades et moqueries de la part des matelots, plissa son bout de nez en levant sa frimousse constellée de taches de son :

« On pique droit dessus, patron, entre l'île des Moutons et la côte de Mousterlin. »

Sa réponse fit rigoler tout l'équipage qui s'affaira à mettre bas les voiles et descendre les mâts pour placer le bateau debout au vent. Enfin ils larguèrent le premier filet à l'arrière, une traîne bleue se confondant avec la couleur de la mer pour tromper le poisson. Gaël plongea ses deux avant-bras dans un baquet, extirpa une poche de rogue qu'il pressa au-dessus du bastingage, de chaque côté du filet. La membrane éclatée fit gicler les œufs de morue entre ses doigts. Il se débrouillait bien le moussaillon ! On aurait dit qu'il mettait une certaine jouissance à dissoudre les paquets d'œufs et les jeter comme il aurait émietté du pain pour les oiseaux. À la surface de l'eau se dessinaient déjà des taches irisées de place en place. La chaloupe dérivant lentement par la poussée du vent et de la marée inscrivit à sa suite une trace huileuse où crevèrent quelques bulles.

Buannic grommela à l'adresse de Gaël :

« Tire-toi de là ! Elles lèvent ! »

À la place du gosse, le patron lança l'appât, juste à l'endroit du filet. Deux baquets de rogue suffirent. Ils n'eurent pas recours à la farine d'arachide saumurée tant les sardines déjà se bousculaient par centaines dans les filets, prisonnières des mailles par les ouïes.

Le filet tendu à craquer, les gars rattachèrent un second filet. On envoya le mousse dans « la chambre » pour puiser de l'eau fraîche dans la dame-jeanne, le vent et les remugles de saumure ayant desséché les gosiers des matelots à l'instant du suprême effort.

Avec ses vingt-deux ans, c'était au tour de Ronan le novice d'être maintenant le plus costaud des cinq hommes de l'équipage. Après s'être hydraté le gosier, il s'arc-bouta pour hisser les filets. Toutes les mains gantées s'agrippèrent aux flotteurs de liège qu'ils firent basculer sur le pont. Le patron ajouta ses efforts pour remonter le deuxième filet distendu par la masse des poissons à laquelle s'ajoutait le poids des pierres de lest qui raclaient le fond. D'un seul coup, une avalanche de sardines – éclats bleus – s'abattit sur le pont, parcourue des derniers sursauts de la vie.

« Grouillez-vous ! somma Buannic. Avec un soleil agressif comme un bélouga, la pêche ne sera même plus bonne pour votre *godaille*[1] !

---

1. Quelques poissons pour le souper du pêcheur.

Santez Anna bénizet ![1] Vite les paniers Gaël ! Commencez à compter vous autres ! »

Le patron à la barre, Ronan cramponné au second filet, les deux loups de mer s'attelèrent au comptage des sardines, eux qui n'avaient jamais fréquenté l'école. Une, deux, trois, quatre... la cinquième sardine étant mise à part pour faciliter le comptage. Par cinq ! ils n'étaient pas au bout de leur peine. Plusieurs paniers de deux cents furent mis à l'abri du soleil assassin par les soins de Gaël, affairé à rassembler les invendables. Blessées, éventrées, elles seraient moulinées pour servir d'appât. Le second filet vomit à son tour une cascade de poissons aux reflets métalliques. Ils semblaient glisser sur le pont les uns sur les autres. Le patron se gratta la tête : « Si la flottille hérite d'une abondance pareille, c'est foutu les gars ! On en tirera pas tripette. »

Ça, le mousse ne l'avait pas encore compris. La pêche miraculeuse ne valait donc pas mieux que la disette ? Alors pourquoi tant de travail ?

En vue des deux phares d'Eckmühl, ils se dirigèrent vers Saint-Guénolé[2]. Ils se virent rejoints, et même dépassés, par une armada de

---

1. Sainte Anne bénie.

2. La pointe extrême de Penmarc'h étant inabordable, les ports sont Saint-Guénolé et Kérity.

chaloupes sardinières avec l'impression d'être pris eux-mêmes dans une nasse. L'équipage distingua sur le môle des silhouettes guettant l'arrivée des bateaux.

On affala les voiles et Buannic gueula aux deux teneurs qui ne l'avaient pas attendu pour attraper les avirons :

« Souquez sur les avirons les gars ! Une place perdue c'est la soupe au lard qui saute ! »

Ronan le savait bien qu'il fallait arriver dans les premiers. Avec Louis, ils sautèrent dans la mer, l'eau leur arrivant à hauteur de poitrine, un panier rond de deux cents sardines au bout de chaque bras.

La cloche de l'usine appelait déjà les *penn sardin*[1] au travail. Elles quittèrent le môle d'où elles guettaient l'arrivée des pinasses, en rêvant ou en tricotant, et s'envolèrent vers l'usine.

Chacun connaissant pourtant la manœuvre, ce fut pire qu'une agitation. Une panique. Les chaloupes convergeaient vers un même point comme une régate. Les formes sombres et immobiles en vigie sur la jetée s'agitèrent en descendant au-devant des premiers débarqués. De noir vêtues, elles semblaient très vieilles les

1. *Appellation désignant plutôt les ouvrières de Douarnenez.*

commises. C'étaient toutes d'anciennes *penn sardin* qui avaient toujours vécu de la sardine. Les enfants en avaient peur, les comparant à des sorcières, avec leur bagou et leurs injures. Chacune représentait une conserverie ou un mareyeur.

Ronan, essoufflé, dégoulinant, présenta ses paniers fardés des plus belles sardines à la commise descendue jusqu'au quai, suivi de Louis moins leste avec ses trente-cinq ans de pêche dans les reins. Alors eut lieu un marchandage virulent qui ressembla à une prise de bec, la vieille Rosine défendant son usine âprement. Avec l'escalade des enchères, les voix s'entendirent jusqu'au bateau d'où l'on continuait de décharger sur le quai. Il leur fallut plusieurs voyages du quai à la cour de l'usine. Buannic sans ménagement asticota son monde en sautant à terre :

« Toi p'tit gars, lança-t-il à Gaël, tu fais le ménage ! Et vous, du nerf, *malestout*[1] ! Le soleil tape, elles vont tourner de l'œil... Combien ? demanda-t-il anxieusement à Louis.

– Sept francs le mille ! répondit celui-ci en tendant au patron les jetons en plomb qui servaient de reçu.

---

1. Juron breton.

– Pas mal ! C'est la plus accommodante, la Rosine. »

Décharger dans la cour représentait l'ultime épreuve à la course.

À l'ombre du bâtiment, les gamines d'une dizaine d'années procédaient déjà à l'étêtage des sardines à peine débarquées, seulement arrosées de gros sel. Assises sur de petits tabourets, les fillettes d'un geste rapide et précis par l'habitude sectionnaient les têtes, se débarrassant des viscères qui glissaient, visqueux, dans un seau, jetant les sardines décapitées dans une corbeille. Malgré l'attention qu'elles prêtaient à ce vilain travail, elles babillaient et égrenaient des rires enfantins en croisant les regards des marins qu'elles connaissaient par leur surnom ou celui du bateau. Louis leur adressa un clin d'œil. Entrer à l'usine était aussi naturel que lâcher le sein maternel pour la bouillie ! Déjà au boulot pour quelques sous par jour ! Lui-même n'avait-il pas été inscrit au rôle à l'âge de dix ans ? Il se souvenait de son baptême de mousse sur la plage... Ce jour où la famille et les amis avaient enduit de sable mouillé et de vers de vase son corps nu bien maigrelet. Cette apparence lui avait valu le sobriquet d'« équille ». Il avait ri jaune, avec une envie de pleurer qu'il avait su refouler. Du peu qu'il avait fréquenté l'école, il avait retenu le mot « travail ». La plus grande des vertus !

Avant de rejoindre le bateau où une autre tâche l'attendait, il prit le temps d'un regard vers la porte grande ouverte de la friterie d'où s'échappait une odeur écœurante. Il chercha des yeux Corentine, sa femme. Toutes étaient vêtues d'une lourde jupe sous un long tablier, les épaules cachées par un fichu de laine. C'était la coiffe qui les différenciait. Les Bigoudènes étaient reconnaissables à leur tête surmontée d'une coiffe brodée d'environ huit centimètres de haut[1], les natives de Kérity à leur discrète coiffe plate appelée *poch plak*, et les ouvrières venues de Douarnenez avaient la tête protégée par cette charmante coiffe blanche aux deux ailes coupées rappelant les têtes de sardine, d'où ce nom de *penn sardin*. Louis renonça à la reconnaître parmi ces « friteuses » dont les visages penchés au-dessus des grils s'embuaient de vapeur d'huile bouillante.

Ronan tira Louis par la manche :

« Sois pas inquiet, elle a l'habitude... Viens-t-en, la marée descend ! »

1. La coiffe bigoudène ne cessera de grandir. Elle atteindra trente centimètres en 1950.

Lui-même aurait bien aimé tenter un coup d'œil vers la mise au séchage pour apercevoir Naïk, la fille de Louis. Depuis quelques semaines, l'opération s'effectuait au soleil dans la cour de l'usine. Sur de longues tables de bois, les femmes déposaient les grils métalliques enserrant les poissons alignés sur plusieurs rangs, rappelant un boulier ou une portée musicale. Quelques heures d'exposition suffisaient pour raidir les poissons.

Pour Ronan, s'il pouvait apercevoir Naïk, c'était l'instant de la journée où il était heureux. De loin elle lui souriait, irradiant d'un coup son visage fatigué. Lorsque le soleil avait décidé de bouder derrière les nuages, le séchage s'effectuait à l'intérieur des bâtiments. Une idée de l'enfer pour les ouvrières et un supplice pour le jeune homme. La savoir exposée à la chaleur torride des étuves, et ne plus apercevoir « sa madone » comme il l'appelait malgré ses protestations, assombrissait son humeur.

C'était l'heure la plus chaude de la journée. Les deux hommes assoiffés auraient bien fait une halte à l'estaminet mais... avec le patron, ce retard aurait fait du vilain. Ronan poussa Louis du coude :

« Tu as vu, on hisse le drapeau au mât de l'usine ! Ils ont fait le plein. Allez vous faire foutre les retardataires ! Ils n'ont plus qu'à repartir avec leur pêche vers une autre conserverie s'ils acceptent de la mettre en saumure, de les vendre “à la fraîche”, ou de les balancer à la flotte ! »

Ils croisèrent des matelots avec leurs paniers et leurs illusions.

« Pas la peine de monter. C'est fini les gars ! »

Malgré ses années de métier, Louis compatissait toujours à lire le découragement d'une journée de travail perdue sur les faces burinées des pêcheurs.

Après le déchargement, Buannic avait éloigné la chaloupe du quai à l'instar de toutes les autres pinasses en raison de la marée lorsqu'ils prendraient la mer cette nuit-là. Avec l'aide d'un matelot, ils avaient entassé un filet bleu sur l'annexe. Celui-là mesurait trente-cinq mètres. Il pesait son poids ! Ils s'assirent dessus faute de place dans le canot. Maintenant c'était l'attribution du mousse de les conduire sur la terre ferme où grouillaient les marins affairés, dans leur hâte d'en finir avec le travail.

Gaël attacha le canot. Ce gamin avait encore les rondeurs de l'enfance aux contours du visage, et la tendresse de la peau se voyait à la morsure du soleil sur son cou. Il ignorait qu'en ville on appelait la couleur de ses cheveux le blond vénitien. Ses yeux noisette toujours en mouvement dénotaient une intelligence à comprendre et bien faire. Si l'équipage, pour répondre à la tradition, le charriait à tout propos et lui refilait les basses besognes, il l'aimait comme un petit frère.

« Va te reposer, marmouset ! », lui dit le patron.

Le gosse partit en courant rejoindre près du grand phare les copains plus jeunes qui avaient la chance de fréquenter l'école et venaient de quitter à 16 heures l'unique classe de Mme Lebec.

Assis inconfortablement sur les rochers, ils faisaient du picot au mètre pour ajouter quelques sous à la disette familiale, maniant le crochet avec dextérité, la bobine de fil se dévidant au fond de la poche de tablier, les yeux souvent levés sur la mer à repeindre les voiles des bateaux. Parfois, l'un deux s'arrêtait pour comparer la longueur du ruban avec celle d'un autre enfant. L'arrivée de Gaël les dérangea dans leur ouvrage.

Il était là, jambes écartées, les sabots à la main, planté sur un rocher. Pour les enfants, un géant sorti de la mer, avec sa tignasse aux reflets cuivrés, sa forte odeur de saumure lui collant à la peau. « Tu viens faire du picot avec nous ? », le questionna sérieusement un enfant.

« Avec ces mains-là ? répondit Gaël en montrant ses paumes jaunies par le sel. Et puis j'en ai ma claque... J'étais en mer à 4 heures du matin pendant que vous ronronniez dans les plumes !

– On dort pas dans la plume d'abord, ça c'est pour les riches ! s'indigna le plus petit.

– La mer commence à monter, vous ne pourrez pas rester là longtemps sans mouiller votre derrière. Si on jouait au palet sur la jetée ? »

Ces enfants n'attendaient que cela, rembobinèrent le fil et la dentelle et prestement enjambèrent le muret. Gaël joua une bonne heure avec les gosses qui se dispersèrent chacun pour rentrer chez soi. Il fit de même en empruntant cette rue pavoisée par les filets bleus tendus sur des perches aux fenêtres, ainsi que les vêtements rapiécés des marins qui semblaient les fantômes de ceux perdus en mer.

Les cheminées des conserveries fumaient à plein panache. Les ouvrières n'étaient pas prêtes à rentrer chez elles avec cet afflux de poissons... Il pensa à sa mère et à sa sœur qui s'échinaient quinze heures par jour, le père ayant disparu en mer quelque part au large d'Ouessant.

Sa maison, elle n'était pas en beau granit avec une accolade et un blason gravé au-dessus de la porte basse. Celles-là dataient du temps des riches marchands qui armaient des navires aux voilures hautes comme des cathédrales. Non. Sa maison à lui était de pierre sèche, jouxtée d'une crèche où s'élevait un cochon, le luxe de la famille, et des poules qui y gîtaient la nuit. Dans un bout de jardin poussaient des choux et des pommes de terre ; aussi quelques fleurs pour ne pas oublier les anciens qui dormaient au cimetière. On ne fermait pas la porte. Il n'y avait rien à voler et on ne connaissait pas de voleurs à Penmarc'h !

Louis et Ronan descendirent les quelques marches éculées déjà recouvertes par les ressacs, pour accéder au canot. Le patron en les attendant tirait sur sa bouffarde, et à la manière dont il pétunait ils comprirent qu'il était impatient. Les deux matelots occupés à partager la godaille de chacun laissèrent tomber les poissons pour haler le filet sur le quai et le déployer.

« Il n'y a pas trop de déchirures. Tu restes à ramender ? », questionna Buannic en donnant un coup de menton vers Louis. Ronan ne lui donna pas le temps de répondre :

« Moi je vais le réparer ! Tu peux partir Louis. »

Celui-ci, pas fou, comprit qu'en restant aux abords de la conserverie le jeune homme espérait ainsi voir la sortie des *penn sardin* et apercevoir Naïk, sa fille. Il lui fit un sourire de connivence et lui glissa : « Elle n'est pas près de sortir avec les arrivages là-haut... » « Alors, *kenavo* les gars ! », lança-t-il à la cantonade. Sa godaille se balançant au bout de son bras, il se dirigea vers le cabaret en se débarrassant sur le seuil de ses sabots et du panier. Le premier verre de *rouche* fut pour se désaltérer. Du sel il en avait plein la gorge, plein la peau. Le second verre, ce fut Le Floch, le menuisier qui taillait des cercueils. Un bonhomme à ne pas contrarier. Ce verre-là il ne le but pas d'un trait, mais fit tanguer d'un bord à l'autre du verre le liquide qui tressaillit en ondes carmin, couleur de la mer qui se changeait en bain de sang à l'époque où il allait à la pêche au thon.

Lorsqu'il sortit, il chaussa ses sabots et reprit son panier au fond duquel trois tacauds et deux vieilles le fixaient de leurs yeux jaunes tandis qu'un dormeur continuait sa nuit.

Il ne savait pas l'âge de sa maison. Sa chère vieille la tenait déjà du temps où la coiffe bigoudène se hissait timidement sur le dessus de la tête.

Face à l'océan, cette chaumière enfoncée presque au ras des ouvertures dans le sol graniteux prenait de plein fouet vents et marées. Quelques toitures de chaume encapuchonnaient une dizaine de maisons sur cette côte déchiquetée qui ne dessinait pas de dune herbeuse, le granit partout remplaçant sable et lichen.

Avant de pousser la porte, Louis se retourna pour contempler l'océan. Un réflexe de toujours. Il s'immobilisa pour regarder le soleil déjà avalé à demi sous l'horizon dans des rougeoiements de forge. Il aperçut au loin la silhouette d'un thonier reconnaissable à ses longues antennes. Celui-là ne rentrerait que dans plusieurs jours.

Il retira son large béret de marin qu'il accrocha à un clou d'un geste machinal. C'était comme s'il y déposait aussi sa fatigue... Corentine et Naïk absentes, lui manquaient d'une façon insupportable les bruits familiers de leur fourbi. Il sortit pour casser du bois et alluma du feu pour animer la pièce et faire gagner du temps aux femmes lorsqu'elles chaufferaient la soupe.

Seul, un étranger aurait pu se méprendre en passant aux abords de l'usine. Il aurait pensé : « On ne s'ennuie pas là-dedans. » Les filles, pour ne pas succomber à la fatigue, chantaient de plein cœur... à la bonne humeur : des refrains de coquines se riant des galants. Corentine les connaissait tous ces airs qui ne se démodaient pas, mais elle laissait plutôt cela à la jeunesse qui travaillait toujours debout, à aligner les sardines dans les grils... L'atelier des friteuses, ce poste qu'occupait Corentine depuis des années, comportait trop de risques. On chantait parfois entre deux plongées du gril dans la cuve où l'huile atteignait 150 degrés ! Elle avait l'habitude de guetter ses mains et savait stabiliser ses sabots sur le sol de terre battue toujours gras, visqueux à cause des éclaboussures d'huile et des viscères tombés des seaux. Elle ne s'aguerrissait pas du souci de savoir sa fille à l'étuve, lorsqu'on ne pouvait pas sécher au soleil. Encore un sacré danger !

La cloche enfin retentit. La contremaîtresse ne s'en fâchait pas d'entendre les « Ah ! » de soulagement des ouvrières. Elle-même en avait plein les reins de sa journée commencée avant le lever du soleil...

Les jeunes, avec de l'énergie retrouvée, arrachèrent le tablier et s'en sauvèrent comme d'une volière. Ainsi qu'à l'habitude, Corentine mit posément de l'ordre sur l'établi avant de rejoindre Marie-Jeanne, sa compagne de travail et sa voisine depuis leurs mariages respectifs. Naïk, déjà sortie, les attendait.

Il faisait quasiment nuit lorsqu'elles prirent le chemin de leur maison. À intervalles réguliers, le phare émettait un faisceau lumineux qui les éblouissait une fraction de seconde pour les replonger dans l'obscurité. Derrière leurs maisons s'étendait la lande hérissée de bruyère et de touffes d'ajonc interdite aux pieds nus. Soudain, un lapin passa comme une flèche dans le rayon du phare, ce qui fit frissonner la jeune fille imprégnée de légendes souvent diaboliques. Elle fit un signe de croix préventif, un lapin pouvant précéder l'*Ankou*[1] ou ce molosse dont on l'avait mise en garde.

Louis s'était endormi devant son feu. Il sursauta en entendant les femmes et, par un réflexe de gosse pris en faute, remit le pichet de vin dans le bas du vaisselier. Il avait toujours un peu mauvaise conscience lorsque, à peine de retour, Corentine et Naïk sautaient sur l'ouvrage. Alors il allait rentrer les poules, faisait

1. *La mort.*

une corvée d'eau (deux gros bidons s'épaulant dans la brouette) jusqu'à une fontaine si éloignée qu'il avait toujours l'impression de remonter à la source.

De retour à la maison, une ombre passa sur son visage en apercevant comme chaque soir les trois écuelles posées sur la table qui servait de huche. Sa famille s'était réduite... Il n'était pourtant pas si loin le temps où il réclamait le silence du plat de la main sur le bois à cause des garçons en perpétuels chahut ou taquineries. « Arrêtez de vous chipoter ! », proférait-il en prenant sa grosse voix.

Les jumeaux partis ensemble de la grippe espagnole, François, l'aîné, n'avait eu de cesse de fuir « la maison du malheur » pour s'engager à bord d'un terre-neuvas pour la terrible pêche à la morue. Dieu sait qu'il en baverait ! On l'assura qu'il n'était pas à charge et que c'était une bénédiction un foyer où trois salaires faisaient bouillir la marmite. Bien sûr il fallait compter. Les femmes, comme partout, gagnaient moitié moins que les hommes, et lui-même n'assurait pas le « picotin » quand Buannic déclarait la mer trop méchante ou lorsque les poissons se jouaient à éviter le filet. Rien n'y fit pour dissuader François dans son envie d'embarquer. Quatre mois qu'il était en mer… Qui se doutait en France à quel point Penmarc'h vivait de la mer, la chaumière de Louis en particulier ? Dans combien de familles quelqu'un ne payait-il pas un jour son tribut ? Il se demanda s'il avait le vin triste ? On ne pouvait vivre dans l'angoisse.

Sa fille Naïk était un rayon de soleil, obéissante et jolie comme un cœur. N'avait-elle pas été élue duchesse à la fête des Ajoncs d'or à Pont-l'Abbé. Quant à Corentine, il avait choisi le bon numéro ! À l'époque elle dansait, légère, légère. Aujourd'hui elle était inébranlable, droite comme un phare dans ses jugements, ses décisions. Et cette façon qu'elle avait de tenir sa tête, comme si aucune brise ne pouvait menacer sa coiffe. Tout en travaillant à la conserverie, elle tenait bien son ménage, n'avait pas son pareil à rapiécer ses vêtements.

Dans l'instant, une odeur de beurre fondu et le joyeux grésillement de la galette sur le *billig*[1] les rendirent heureux. Ils échangèrent un sourire, et les pensées tristes rejoignirent la fumée aspirée dans la cheminée.

L'équipage de Buannic dispersé, Ronan resté seul se sentit allégé : plus besoin de parler, plus

---

1. *Crêpière.*

besoin de répondre aux injonctions du patron. Pourtant, les quais étaient encore animés par des allées et venues de marins préparant le départ de la nuit. Il entendait le clapotis des canots et à bord des sardiniers les pêcheurs qui préparaient leur *cotriade*[1] puisque Penmarc'h n'était pas leur port d'attache. Les nuages de mouettes escortant les bateaux s'étaient évanouis, sauf quelques quémandeuses qui raflaient des tripailles et débarrassaient les filets de poissons prisonniers.

Assis sur un paquet de cordage, le garçon s'appliqua à vérifier chaque maille du filet et ramender si nécessaire, la négligence risquant de faire perdre une partie de la prise. Il n'avait pas le cœur à l'ouvrage. Les filles sortiraient tard de l'usine et son espoir de rencontrer Naïk s'évanouissait à l'unisson du soleil qui s'escamotait derrière les récifs.

Interpellé déjà à trois reprises par des gars étonnés de son ardeur au travail, alors que depuis longtemps les « commises » avaient fermé leur baraque, il décida de rentrer chez lui, fâché contre lui-même d'avoir cette fille dans la peau. Ils avaient grandi ensemble mais ne se voyaient qu'au hasard des fêtes. À quel

1. Soupe de différents poissons.

moment avait-elle cessé d'être une enfant ? Il n'avait pas manigancé pour se faire enrôler sur *Le Ciel avec nous*. Quelle avait été sa surprise lorsqu'il s'était vu embarquer avec Louis, son éventuel beau-père !

Il dérangea deux mouettes qui se disputaient un hareng, et tourna le dos à l'univers marin puisque la « cabane » où il vivait « poussait » ses murs dans la campagne marécageuse. Ses parents cultivateurs avaient tant peiné sur leur terre pour lui arracher une maigre récolte qu'ils l'avaient rejointe, une saison d'hiver où la Bretagne avait connu la neige.

Comme compagnon, lui restait un cheval à l'oreille duquel il parlait de ses amours.

II

La maison voisine

SI UN BATEAU ATTARDÉ rentrait au port dans un silence d'oiseaux endormis, à l'heure inquiétante où la mer prend des teintes d'encre, il voyait briller dans la nuit sur la côte deux petits points lumineux : les flammes de bougies dansantes ou de lampes à pétrole filant de la lumière.

Ces deux yeux, c'étaient les maisons de Louis et de Marie-Jeanne. On disait le nom de la femme puisque le mari porté par le ressac s'était échoué à quelques mètres du phare, les bras en croix, comme un albatros ayant terminé son voyage. Des marins disaient qu'il était hanté par les ruines de la ville d'Ys, et qu'entre deux vins au cabaret il se vantait d'être le « visiteur des Abysses ». Rien que des bêtises ! Ce jour-là il n'était pas parti en mer. Suicide ? Accident ? On enterra l'affaire avec le bonhomme.

Marie-Jeanne ne parlait jamais du disparu à son fils Gaël. Il avait à peine connu son père, alors à quoi bon ! À sa fille Angélique parfois, elle y faisait allusion. « Tu as les yeux de ton père... – Raconte, Ma'm ! » Ce n'était pas son genre d'être une causeuse, mais évoquer son mari c'était un devoir envers la petite. Elle ne pouvait se dérober.

« Ses yeux, j'en rêvais... C'est peut-être à cause d'eux que je l'ai épousé. On aurait dit qu'à force de regarder la mer les yeux en avaient pris la couleur et la transparence. »

Marie-Jeanne se tut soudain comme si elle en avait trop dit. Elle tourna une bouillie de froment au centre de laquelle elle enfouit un bon morceau de beurre salé, au plaisir de Gaël qui en raffolait. Il rangea le livre où il tâchait, grâce à l'obstination d'Angélique, d'apprendre à lire le français. La jeune fille à regret abandonna son picot et le fit disparaître avec bobine et crochet dans la poche de son tablier. « Tu ne peux pas t'en passer de tripoter du fil ? », dit en plaisantant Gaël à sa sœur.

« Qu'il est bête ! Ce n'est pas du tout la même chose... À la fabrique de filet, le fil est quatre fois plus gros que pour le picot ! On ne s'arrange pas les mains à l'atelier de ramendage ! rétorqua Angélique. Tandis que le picot, pour moi c'est une distraction.

– Si tu préfères embarquer cette nuit avec le père Buannic, tu n'auras pas seulement mal aux mains ! Tu veux les sentir mes mains, parfumées aux œufs de morue ? » Il fit mine de lui toucher le visage. Elle hurla.

« Arrêtez les enfants ! Mangez ! On ne doit pas se plaindre de son travail », dit Marie-Jeanne avec sévérité.

D'un coup elle rétablit le silence. Ils se turent parce qu'ils admiraient son courage. Elle-même se pencha un instant sur sa vie. Elle acceptait sans rechigner de travailler dix à douze heures par jour, les sabots dans la boue, éprouvant la chaleur étouffante des grils ou des étuves. Elle avait pratiqué tous les ateliers et ne convoitait plus le poste de contremaîtresse. Partageant le même sort que des centaines d'ouvrières, elle oubliait la fatigue et se mouvait dans cette odeur de sardine qu'elle ne sentait même plus. En compensation, il y avait cet esprit d'équipe, les rigolades parfois, et les moments de récréation, entre deux bateaux, pour aller danser dans la cour : une ridée au son d'un biniou et d'une bombarde. Et puis, ses enfants étaient de braves petits, et Corentine une sœur pour elle.

Elle mit fin à ses réflexions et secoua la morosité générale : « Vous n'avez pas oublié que dimanche nous nous rendrons au pardon de Notre-Dame-de-la-Joie ?

– Comment j'aurais pu oublier Ma'm ! s'écria Angélique. À l'atelier on ne parle que de ça ! Il faudrait amidonner ma coiffe et aussi les lacets, ils sont tous mâchurés !...

– On demandera à Corentine. Elle n'a pas son pareil pour faire son amidon mélangé à un rien de cire d'abeille pour ne pas coller. Mais il faudra apprendre, ma fille. Nous n'avons pas les moyens de donner à faire... »

Après quelques coups de langue pour nettoyer son assiette, Gaël s'engagea dans la conversation.

« J'ai des copains, ils vont servir la messe et marcher derrière la bannière avec leurs habits d'église. J'aurais bien aimé moi, dit Gaël avec amertume.

– Tu sais bien que ce n'étaient pas les idées de ton père, rétorqua Marie-Jeanne. Il a quand même cédé pour vous baptiser !

– Moi j'suis baptisé deux fois puisque j'ai eu mon baptême de mousse. En plus notre bateau s'appelle *Le Ciel avec nous !* », ajouta Gaël en rigolant.

Angélique devint rêveuse. Elle évoqua son amie Naïk qui porterait sans doute la robe et le tablier brodés de perles qui avaient contribué à l'élire duchesse. Comment Ronan ne pourrait-il pas être ébloui, lui qui déjà se mourait d'amour pour elle ? Ils danseraient ensemble, c'était sûr. Cette idylle platonique durait depuis assez longtemps pour ne pas susciter les commentaires malicieux des ouvrières. Lorsqu'elles guettaient l'arrivée des chaloupes sardinières, penchées sur le môle, n'étaient-elles pas curieuses, à la vue du bateau de Buannic de constater l'émoi de Naïk et l'embarras du beau Ronan ?

Pour la première fois Angélique se posa la question de savoir si elle était jalouse de son amie ou amoureuse elle aussi de Ronan. Les deux jeunes gens s'apercevaient presque chaque jour, épiaient les instants où ils pouvaient s'échapper à l'abri d'un rocher pour échanger un baiser... Naïk lui racontait tout, en confidence, et depuis quelque temps elle faisait un effort pour ne pas montrer son agacement. Quel rôle jouait-elle dans l'histoire ? se demanda-t-elle. L'usine, où elle se rendait chaque matin et qui lui dévorait ses journées, employait surtout de la main-d'œuvre féminine. Le décès de son père l'avait peut-être déshabituée à côtoyer un homme. Elle se promit de se trouver un galant au pardon où une certaine liberté l'autoriserait, après les cérémonies religieuses, à danser et à s'attarder au *fest-noz*.

« Angélique ? Tu es avec les anges ? », questionna Marie-Jeanne pour la sortir de ses rêveries.

Gaël dormait déjà, enfoncé dans sa paillasse de balle d'avoine à l'étage du lit-clos.

Promptement, pour en finir, la mère mit le feu à couver sous une couche de tourbe. Quant à la jeune fille, elle éparpilla du sable blanc sur le sol de terre battue et elles gagnèrent le lit dans lequel le sommeil les enveloppa, absorbant les vagabondages et les chimères de leur esprit.

Jamais la pêche n'avait été plus fructueuse ! Des sardines, on en prenait des tonnes. Cette année 1901 était bénie ! La semaine dernière la conserverie avait tourné sans relâche. Certaines ouvrières avaient travaillé soixante-dix heures ! Les chaloupes sardinières étaient parties en mer à deux, et même à trois reprises, en dépit du soleil et au risque de débarquer une marchandise « cuite ». À la vue du drapeau tricolore au mât de l'usine, certains bateaux avaient dû proposer leur pêche à la conserverie de Lesconil, et même quelques-uns être contraints de rejeter les paniers à la mer !

Le règlement interdisant d'embarquer du vin à bord – uniquement des dames-jeannes remplies d'eau –, Buannic promit à l'équipage d'offrir une tournée mémorable au cabaret. Ils ne demandaient que cela ! Ceux qui connaissaient tous les ports savaient qu'à Douarnenez les cafés ne désemplissaient pas au retour de pêche. Juste retour des choses : avoir contemplé tant d'eau...

Sur les quais, l'animation était à son comble. Les marins pêcheurs abandonnaient leur pas chaloupé pour une course avec les paniers auprès des commises déchaînées gueulant les enchères et s'invectivant mutuellement. Ah ! le manège des paniers vides descendant jusqu'au bateau pour un nouveau comptage, et qui continuait sur le quai. Sans parler des interpellations qui fusaient de toute part.

« Louis, monte les filets à sécher au mât ! Gaël, remue-toi les fesses, range les avirons, tu vois bien qu'on va se casser la figure ! » Le teneur, habitué à souquer, prit la défense de l'enfant : « Ceux-là ont dix mètres de long, il peut même pas les soulever, le petiot ! »

Ronan n'eut pas le temps de chercher des yeux sa chère Naïk. Il s'imaginait bien la fébrilité qui devait régner dans l'usine, depuis les petites filles à l'étêtage jusqu'aux ateliers des sertisseurs et de la mise en boîte.

Lorsque les gars de Buannic investirent le cabaret, ils eurent un mouvement de recul tant l'atmosphère était enfumée. Puis les yeux s'habituèrent. On toussa un peu pour s'éclaircir le gosier et on tenta d'approcher le comptoir, les tables étant toutes occupées par ceux qui à l'évidence n'en étaient pas à leur premier verre.

Gaël, qui n'avait pas l'âge de partager le *lambig* et l'euphorie au cabaret, reçut une pièce de la part du patron qui lui-même avait sa poche pleine de jetons. Une pièce ! Pas un sou percé comme on donne aux gamins ou aux mendiants au seuil de l'église ! Il s'achèterait des billes ou une crécelle au pardon.

Après la tournée du patron, on se cotisa pour remettre ça : une fois, deux fois... Louis resta seul de l'équipage. Il s'arrima à une table et s'assit en face d'une vieille qui chiquait le tabac – ce qui n'était pas original – mais qui lui parla un breton qu'il ne connaissait pas. Ce n'était pas de Brest où il avait fait son armée, encore moins de Vannes où ils étaient tous des savants là-bas ! Il la planta sans un mot car il ne pouvait plus rassembler ses idées. Respirer l'air marin lui ferait du bien. Il préféra rentrer chez lui par la grève. C'était l'heure de la marée basse. Le pas déjà incertain, il dut enjamber des rubans d'algues et contourner des roches contre lesquelles il butait en jurant. Dans une nuit noire, il décelait les obstacles par intermittence, dans le balayage du faisceau lumineux émis par le phare.

Soudain il aperçut la silhouette d'un homme, squelettique comme un arbre mort, qui se hâtait de jeter dans une charrette à bras des choses dont il ne discernait pas la nature. Son ivresse lui laissant un brin de raison, il se rapprocha en se dissimulant derrière les rochers, et reconnut avec frayeur le « Chacal », ce pilleur d'épaves qui malgré ses forfaits passait toujours à travers les mailles du filet comme une anguillette. Depuis quelques années le bougre avait disparu, et si on continuait à déplorer de nombreux naufrages dans la mer d'Iroise, au long des côtes de Penmarc'h, hérissées d'écueils, on ne pouvait plus lui imputer d'être un naufrageur. Ne restait que la légende. Après tout, quel mal y avait-il à récupérer ces débris ? Il nettoyait la plage ! Quelle diablesse l'avait averti que la mer restituerait ces funestes reliques ? Louis, qui n'osait même pas avaler sa salive, reconnut une caisse disloquée, une besace, une rame, une botte ainsi que des cordages. L'homme se déplaçait courbé, ramassant avec la vélocité d'un rapace. Ayant glané son butin, il s'éloigna avec sa charrette.

Le cœur battant, Louis dessaoulé attendit longtemps avant de suivre les sillons creusés dans le sable par les roues de la charrette. Il atteignit enfin sa maison où Corentine et Naïk se rongeaient les sangs... Fourbu, il s'écroula sur le banc et se laissa enlever sa vareuse de toile et ses sabots. Il ne subit pas de réprimandes car son visage blême et ses frissons inquiétèrent Corentine qui subodora une autre cause qu'un excès de boisson. Se plaignant qu'il avait froid, elle remit un fagot dans l'âtre et insista pour qu'il boive un bol de bouillon. Enfin il parla du Chacal, un regard de frayeur en imaginant qu'il aurait pu être découvert.

« Qu'est-ce que tu peux craindre, mon pauvre ami ! lui dit calmement Corentine pour le rassurer.

– C'est un malfaisant, un mauvais présage... » Il attendit que Naïk disparaisse sous sa couette pour continuer :

« Déjà au cabaret, la vieille chiqueuse m'a dit une chose, mais une chose...

– Allez Louis, parle ! l'encouragea Corentine.

– Elle a menacé : “Fais attention aux intersignes. Ouvre l’œil !”

– Si tu écoutes cette folle ! Elle s’amuse à effrayer les gens.

– Tout de même, je n’aime pas ça. »

Corentine dit seulement : « Tu ferais mieux de te coucher. » Ce qu’il fit, sans apercevoir le front plissé de contrariété de sa compagne.

Ce dimanche du pardon s’annonçait jusqu’aux maisons isolées de la côte par le roulement des charrettes, des chars à bancs et par intervalles réguliers de la voltige des cloches.

Autre chose aussi rendait l’atmosphère différente : l’inactivité de la conserverie et le silence du port. Ils venaient tous de loin assister à ce pèlerinage.

C’était une rencontre à ne pas manquer : une indulgence pour le paradis et l’occasion d’exprimer sa ferveur pour les grâces reçues et celles à venir.

Tôt le matin quelques femmes avaient assisté à une première messe, ainsi que les enfants mobilisés pour la répétition du cortège.

La flegmatique Corentine se montra bien fébrile ce matin-là, essayant de convaincre Louis de se raser et retenant l’impatience de Naïk de se mêler à la foule endimanchée.

« On dirait une poule encagée ! Va prévenir à côté que nous partons sous peu », lui dit Corentine pour avoir la paix.

« À côté », c'était l'expression pour parler de la maison de Marie-Jeanne.

Celle-ci et sa fille Angélique étaient méconnaissables dans leur tenue bigoudène rehaussée de broderies ! Leurs tabliers perlés remontaient aux mariages d'aïeules. Les sortir de la lourde armoire faisait déjà partie du cérémonial. On respectait cet héritage qui les apparentait à un clan. Seul Gaël, qui s'était déjà fait prier pour sortir de sa paillasse, renâclait à mettre sa chemise de chanvre tissée avec amour par sa mère, sous prétexte qu'elle grattait. Lui qui portait sur le bateau un tricot raidi par le sel ! La raison de sa mauvaise humeur : un pantalon « du dimanche » qui n'avait pas suivi sa croissance et qui – selon son dire – le rendrait ridicule.

« En voilà des caprices ! », s'exclama sa mère.

À ce moment Naïk frappa à la porte de la maison voisine. « On vient ! », lui répondit-on.

Les deux familles se dirigèrent ensemble vers le placître de la chapelle construite au XVIe siècle à peu de distance de la grève rocheuse, comme si elle avait été amenée par la mer.

On ne s'interpellait pas comme on le faisait à la foire. On ne se toisait pas non plus, mais chacun découvrait l'autre dans la prestance que conféraient leurs costumes somptueux.

Louis arborait le *shuppen* porté au cours des dimanches et fêtes par son père. Sur le drap noir, plumes de paon et fougères dessinaient des vagues orange et rouge éclatantes sous la veste ouverte aux nombreux boutons. Son chapeau à guides remplaçait son béret de marin, confondu à des centaines d'exemplaires, voisinant avec les coiffes blanches amidonnées des femmes et des jeunes filles. Un vent léger en faisait frissonner les rubans. Quant aux jeunes enfants, de charmants béguins perlés encadraient leur visage de chérubins.

Ils ne purent tous entrer dans l'église. Certains hommes se massèrent à la porte pour entrevoir la cérémonie et entendre les cantiques chantés en breton, de préférence au latin, encore moins en français par insoumission et fidélité à leurs racines. D'autres s'assemblèrent auprès du muret, en lorgnant la mer comme s'ils ne pouvaient pas s'en passer, en discutant sur l'abondance actuelle de la pêche et ses conséquences, et sur l'exode des paysans tentés par les métiers du poisson.

Soudain ils firent silence et se découvrirent lorsque, la messe terminée, la procession s'organisa. Ils accompagnèrent les marins désignés pour porter sur des civières les ex-voto : maquettes de chalutiers sortis indemnes d'une tempête, chaloupes sardinières naufragées sur la côte sans perte humaine. « Notre-Dame-de-la-Joie, soyez bénie et remerciée ! », psalmodiait la foule. Un diacre brandissait haut vers le ciel la bannière, entouré d'enfants de chœur contraints d'être sages sur la recommandation de M. le curé les ayant avertis que ce serait péché mortel de faire le guignol !

Les pèlerins se groupèrent en famille à la suite des personnalités : propriétaires des conserveries, sauveteurs en mer, gardien de phare, etc., puis la foule s'étira sur une file, le pas distrait. Elle s'aggloméra de nouveau pour la bénédiction du port de Saint-Guénolé et des centaines de bateaux en récréation. On chanta un dernier cantique sur le retour vers l'église. Quelques mendiants, connus pour la plupart, sollicitaient l'aumône, quelques sous que l'on donnait de bonne grâce, qu'on allait chercher sous le tablier. C'était la fête pour tout le monde !

Le bagad donna le signal. Comme des papillons longtemps prisonniers, Bigoudens et Bigoudènes s'éparpillèrent, voletèrent, chacun rejoignant un parent âgé, un enfant grandi : « Je ne l'aurais pas reconnu, dis donc ! »

Marie-Jeanne, en cet instant, chercha des yeux dans la foule son Gaël. S'adressant inquiète à Angélique : « Il n'est pas avec toi ton frère ?

– Non Ma'm. À la bénédiction du port il jouait avec des gamins… Je leur ai dit d'aller plus loin. Tu te souviens, Naïk ?

– Corentine ? Savez-vous si Gaël est avec Louis ? Ils ont tant l'habitude d'être ensemble à naviguer… »

Il s'avéra que ni Louis ni le patron Buannic aperçu dans la foule n'avaient vu le mousse.

« Ne vous rongez pas les sangs, Marie-Jeanne. Pour les gosses aussi c'est les réjouissances, et le vent de liberté », assura le patron pêcheur.

Convaincue, Marie-Jeanne accepta de s'asseoir avec les autres à une des nombreuses tables dressées en plein air dans les odeurs appétissantes de beignets, de galettes et de saucisses. Les hommes demandèrent trois pichets de cidre qu'ils répartirent devant les dames aux yeux déjà pétillants. Marie-Jeanne jetait des coups d'œil furtifs à la recherche de Gaël. « Il n'aura rien mangé ce gamin. C'est égal, les hommes sont insouciants ! »

Quant à Naïk et Angélique, elles se poussaient du coude en gloussant, entre deux bouchées de galette, avec l'espoir d'apercevoir la silhouette aux épaules musclées de Ronan.

Les sonneurs, impatients de faire danser l'assemblée, s'installèrent sur une estrade construite hâtivement pour l'occasion. Aux noces, ils se juchaient sur des tonneaux et avaient l'habitude de jouer les acrobates. La bombarde attaqua sur une phrase improvisée reprise par la cornemuse et scandée par le tambour, histoire de battre le rappel pour les badauds accaparés par les marchands de cierges, de balais ou de pommes. Les enfants, eux, restaient à bâiller devant l'étalage des jouets à un sou et des colliers de coquillages.

Marie-Jeanne, dont l'inquiétude s'amplifiait au fil du temps, n'y tint plus. Elle enjamba son banc et jeta à la tablée : « Je vais voir à la maison ! Gaël aura peut-être voulu rentrer ? Déjà que ce matin il se rencognait dans sa paillasse comme un bernard-l'ermite... »

Louis finit de manger son pain et son lard et dit aux autres : « Elle a raison de se faire des cheveux ! Je connais bien le gamin, il est vorace comme un cormoran. Partir au moment de la collation, ce n'est pas clair. S'il a inquiété sa mère pour rien, j'lui donnerai une correction, faute de son défunt père. » Il se signa... et invita

Corentine à entrer dans la danse, une ronde qui parfois se scindait et serpentait jusqu'au phare.

Naïk avait enfin rejoint Ronan et, contre toutes les règles, ils ne dansaient pas en se tenant par le petit doigt, mais étreignaient leurs mains avec des frémissements qui faisaient rougir la jeune fille. Ils avaient complètement oublié la présence d'Angélique qui s'intercala entre un marin qui chantait faux et une femme à la mine si sévère qu'il était impensable qu'elle s'amusât ! Les beaux gars ne manquaient pas et elle enrageait.

Il est vrai qu'il s'était levé de mauvais poil le jeune Gaël. Avec les petits copains de la classe de Mme Lebec, il se sentait un caïd : celui qui allait en mer pour gagner son pain. Ils le prenaient au sérieux, comme s'il était une grande personne. Jamais Gaël ne leur avait avoué qu'à bord il prenait des taloches, encaissait les moqueries des matelots, et devait effectuer sans râler le sale boulot. Au pèlerinage il allait les voir – ces petites vermines – en soutane rouge et surplis de dentelle blanc, l'ignorant, sans un regard. D'avance il en était malade... Heureusement, à l'issue des cérémonies religieuses, ces enfants débarrassés de leur chasuble redevinrent les gentils copains de jeu : sautant des marches, se cachant derrière l'église, partageant des bonbons offerts par M. le curé lui-même.

Gaël retrouva son statut de chef. Il s'adressa aux cinq marmots : « Ça vous amuserait une petite promenade en bateau ?

– Un bateau pour de vrai ?

– L'annexe quoi ! C'est moi qui conduis l'équipage avec le canot. Y m'font confiance les marins ! Maintenant, si ça ne vous dit rien...

– On part juste un petit peu, hein ?

– Bien sûr, affirma Gaël. Ceux qui sont d'accord me suivent. Les trouillards retournent sur le terre-plein danser la ridée ! »

Piqués dans leur amour-propre, les cinq gosses crièrent en chœur : « On y va ! On y va ! »

Dans le port désert, aucun mouchard en vue qui aurait mis fin à l'aventure.

Pour Gaël, installer ses voyageurs, détacher le canot et s'éloigner à la godille n'avaient aucun secret. Pas question de se diriger vers *Le Ciel avec nous*, son lieu de travail ! La chaloupe sardinière, immobile, faisait le pardon à sa façon, offrant aux oiseaux de mer toute quiétude pour arracher sur le pont et les gréements quelques débris de poisson de la dernière pêche. Gaël, désignant la pinasse aux enfants, leur dit avec fierté : « C'est MON bateau ! »

Il avait assez d'expérience pour contourner les écueils dont il connaissait la géographie par cœur. Les enfants, intimidés les premières minutes, commencèrent à gesticuler, les bras par-dessus bord, tentant de saisir l'écume blanche à pleines mains. Ils riaient, le visage éclaboussé, jouant à coups de langue à lécher l'eau salée.

« Arrêtez de faire les marioles ! La mer ça doit se prendre au sérieux ! Si vous continuez, je fais descendre tout le monde ! »

En vérité Gaël n'en menait pas large – si l'on peut dire – car un vent venant des terres s'était levé et poussait au large l'embarcation malgré ses efforts. Bien lui en avait pris d'emporter les rames, car il était épuisé de godiller. Son angoisse communicative, sans pour cela aller jusqu'à la panique, rendit les enfants silencieux. Enfin il réussit à accoster à quelques encablures de Kérity.

Gaël essuya son front perlé de sueur, tandis que les enfants grelottaient de froid dans leurs vêtements mouillés. Le plus petit se mit à pleurer en hoquetant :

« Maintenant on est perdu...

– Lève les yeux, lui ordonna Gaël. Tu vois les deux maisons là-haut sur la dune ? Celle qui perd son chaume, c'est ma maison. La porte n'est jamais fermée à clef. On va y monter pour se sécher. Avant vous allez m'aider à tirer le canot en haut de la grève ! »

Il faisait preuve de tant d'autorité qu'il fut obéi et les larmes envolées.

À cet instant, il fut le premier à apercevoir un homme qui sembla surgir de la vague. Le Chacal – car c'était lui – arpenta sur la plage les quelques mètres qui le séparaient du groupe. Efflanqué, noir, inquiétant, de son regard venu du feu de l'enfer, il paralysa les enfants ; de sa bouche tordue, il aboya : « Videz tous vos poches ! Plus vite que ça ou je vous jette aux bélougas !

– Faites ce qu'il vous dit », ordonna Gaël qui reconnut le pilleur d'épaves d'après les racontars. Il se souvint : Louis en avait parlé comme d'un monstre...

Donnant l'exemple, il tendit à l'individu sa belle pièce d'argent qu'il regretta de ne pas avoir convertie plus tôt en l'achat d'une crécelle ou d'un calot comme il en rêvait. Un garçon jeta sur le sable un canif. Son cher couteau rouge avec lequel il se taillait des pipeaux, et qui lui permettait de décoller les berniques sur les rochers. Il lui sembla perdre un doigt. Le petit sortit un mouchoir confié par sa mère

« parce que c'est la fête », avec force recommandations. Les autres ne possédant rien tremblaient dans leur pantalon.

« Sales gamins, disparaissez ou j'en croque un ou deux. Et puis... vous ne m'avez pas vu. Compris ? »

L'homme squelettique disparut avec son maigre trésor aux yeux des enfants pétrifiés. S'était-il enfoui sous l'amoncellement du goémon séché prêt à être brûlé ? Avait-il disparu dans la mer sur laquelle crevaient des bulles ?

« Grimpez sur la dune, on va chez moi ! » L'injonction du mousse circula de l'un à l'autre avec la rapidité de l'éclair.

Les laissant se frictionner l'échine mutuellement avec une serviette, Gaël leur chauffa une infusion d'eucalyptus qui était la boisson à la mode à l'abri du marin.

« On ne va pas moisir ici, les enfants. "Ils" doivent se faire du mouron là-bas ! »

À cette même seconde, Marie-Jeanne poussa la porte et se figea, stupéfaite de voir sa cuisine envahie. Elle parla enfin :

« Mais d'où venez-vous ? Qu'est-ce que vous faites chez moi alors que tout le monde vous cherche ? »

Les enfants penauds baissèrent les yeux, enfin conscients de l'énormité de cette fugue.

La femme reprit, très en colère : « C'est une idée de Gaël, cette escapade ? Vous êtes venus à travers la lande ? »

Gaël en tant que chef, s'il avait perdu de sa superbe, retrouva son courage.

« Non Ma'm. Nous sommes venus en bateau !

– Quel bateau ?

– Le canot de Buannic, Ma'm !

– C'est un peu fort ! Tu t'arrangeras avec lui. Où est-il ce canot à c't'heure ? »

En une fraction de seconde, le jeune garçon fut épouvanté. Et si le Chacal s'emparait de l'embarcation...

Il eut un geste pour désigner la côte : « En haut de la grève, Ma'm.

– Retournons à la fête. Quelle fête ! Vous vous expliquerez avec vos parents. Si c'est pas Dieu possible ! Un jour de pardon, avoir le diable au corps... »

Marie-Jeanne marcha à la tête de la silencieuse équipe qui se coulait parfois des regards angoissés.

Au pied du phare, les promeneurs les rassurèrent par leur indifférence ; la musique des sonneurs indiqua que l'on dansait toujours sur le placître. Il y avait bien un attroupement près des baraques autour d'un bonimenteur dont la silhouette rappela quelque chose à Gaël. Mais oui, il reconnut Buannic écartant les bras comme un épouvantail, le verbe haut, le visage rubicond. À la vue de Marie-Jeanne suivie de ses naufragés, il éclata :

« Alors, vous voilà, bande de voyous ! Plutôt bande de voleurs ! Vous pensiez peut-être que je n'irais pas faire un tour au port ? On peut chiper son canot, le vieux ne s'en rendra pas compte ? »

Déjà des parents sur les nerfs distribuaient des taloches. On pleurait, on disait pardon.

Gaël commença son chemin de croix avec les réprimandes du genre : « Tu es le plus grand, tu devrais être raisonnable. J'espère que tu seras puni sévèrement... Entraîner les petits dans le danger, tu n'as pas honte ? Contrairement à ce que le gosse s'attendait, le patron laissa d'un coup tomber sa colère et, plaçant sa large main sur son épaule, l'attira à lui :

« Tu fais des heures supplémentaires à prendre la mer un dimanche de fête ? »

On peut être mousse à dix ans, travailler comme un matelot, et sentir de grosses larmes rouler sur les joues.

« Emmène-moi là où tu l'as laissé ce canot. Viens ! », lui dit doucement Buannic.

Sans une parole, ils longèrent tous deux la côte, dépassèrent un rocher sur lequel deux amoureux enlacés s'embrassaient.

Buannic rigola. « Tu les connais ces deux-là ? Ronan mon novice et sa belle Naïk ! On sera de la noce bientôt, hein mon gars ? »

Gaël n'en revenait pas, lui qui pensait recevoir la torgnole de sa vie...

La marée montante n'avait pas atteint la hauteur du canot. Celui-ci avait fait sa place dans le sable, les deux rames en croix comme sur une tombe.

« Tu permets, c'est moi qui rame. Tu as dû en baver avec le vent contraire ! C'est pour ça que je t'épargne l'échine.

– Merci patron... », murmura l'enfant, la voix étranglée d'émotion.

Personne ne parla plus jamais de l'escapade. Chacun pensa : « Buannic, il a dû lui passer un drôle de savon ! », tandis que certains marins parlèrent du courage du mousse. Les gamins se firent petits et soumis et ne racontèrent pas sur-le-champ le mauvais coup du Chacal.

III

Les inséparables

Ce pardon, les deux jeunes filles s'en étaient réjouies des jours à l'avance. Pour Angélique, il n'y eut pas le miracle escompté : un beau garçon pour faire battre son cœur. Elle avait bien dansé quelques gavottes en ronde puis en chaîne, tenant par le petit doigt un soupirant qu'elle avait croisé à plusieurs reprises aux abords de l'usine de filets où elle travaillait, mais le maintien et la raideur des danses bigoudènes lui donnant l'avantage d'être indifférente, elle n'attardait jamais son regard afin de le décourager. Elle disait de lui à Naïk : « Il a l'air d'un gros balourd ! Avoue que je n'ai pas de chance. Les beaux gars ne manquent pas mais ceux qui me plaisent ont tous une promise...

– Ils n'osent pas t'aborder, Angélique. Tu es trop belle, tu les intimides », lui avait dit avec franchise Naïk.

Lorsque celle-ci avait disparu avec Ronan, Angélique s'était sentie abandonnée. Elle aimait trop la jeune fille pour la priver de son tête-à-tête avec son amoureux en faisant une crise de jalousie, ou en imposant sa présence comme l'aurait fait un chaperon ou une marieuse ! Elle s'en fichait bien du marin, mais il lui enlevait sa précieuse compagne.

L'obligation de chercher son jeune frère parmi la foule prit le pas sur sa contrariété.

Bien heureusement, trois ouvrières de la fileterie vinrent vers elle, le visage éclairé par la joie.

« Angélique ! On te cherche partout. Le contremaître et sa femme ont sorti leur char à bancs et nous proposent une promenade. Il reste une place, viens ! On va s'amuser. »

Ravie de l'aubaine, Angélique leur cria, pour couvrir le crépitement des tambours du bagad :

« Une minute pour prévenir Ma'm ! Déjà qu'elle est inquiète à cause de Gaël… »

Cette escapade improvisée lui fit oublier sa morosité. Il leur fallut courir pour rejoindre la charrette en attente en dehors du placître. Elles riaient comme des enfants. Angélique jeta un coup d'œil admiratif sur les robes de velours brodées, les corsages noirs aux larges manches de ses compagnes de travail. Les petites coiffes bigoudènes ajustées grâce aux larges lacets noués en coques sous l'oreille leur conféraient de la prestance. Elle-même n'avait-elle pas cette élégance pour se faire remarquer par un beau garçon ? Lors de la fête des Ajoncs, elle s'était vue adulée, flattée par les regards des hommes !

En s'installant sur la banquette du char à bancs, elle remercia avec timidité le contremaître, méconnaissable dans son costume de velours noir ouvert sur le *shuppen* brodé jaune et orange, le sourire à la fête, et salua son épouse au regard bienveillant.

Le bidet les enleva d'un trot léger. Angélique, dont chaque tour de roue lui montrait pourtant une campagne familière, découvrait toute chose avec étonnement. Quittant la pointe de Penmarc'h (territoire de Saint-Pierre), ils dépassèrent plusieurs manoirs convertis en ferme, dont la porte en accolade conservait encore son écu blasonné, et longèrent une étendue de marais d'où s'ensauvaient des oiseaux sauvages. La charrette stoppa devant la Tour carrée de Saint-Guénolé. Le contremaître invita les jeunes filles à descendre. Cette halte ne manqua pas de les étonner, car la tour elles la connaissaient par cœur !

« Savez-vous, mesdemoiselles, que cette tour est le plus ancien témoignage d'une immense église construite dans votre pays. Imaginez ! En 1488 ! »

Non, elles ne s'étaient jamais posé la question. Leurs parents ne parlaient pas de ces temps anciens.

Encouragé par leur ébahissement, il continua :

« Approchez-vous. Observez ces navires de pierre taillés dans le granit avant que les tempêtes de sable et les embruns de sel ne les effacent à tout jamais… »

Effectivement, elles sentirent le vent qui faisait frémir les lacets de leur coiffe. Il leur était si familier ce vent, elles n'avaient jamais imaginé qu'il rongeait sournoisement les témoins d'un passé lointain.

Leur guide improvisé s'enflamma devant son auditoire dont il sentait la curiosité.

« Ah ! mes petites ! Vous n'avez aucune idée de l'importance de Penmarc'h à l'époque. C'était l'âge d'or ! Aujourd'hui nous connaissons une activité de pêche que nous envient les gens de la campagne puisqu'ils abandonnent leur terre pour venir travailler sur nos côtes.

Mais regardez ces caravelles, ces caraques avec des équipages de vingt marins... Rien à voir avec nos chaloupes sardinières ! À votre avis, qui armaient ces vaisseaux fantômes ? »

Il attendit quelques instants pour faire son effet puis reprit :

« De riches marchands mariniers dont vous avez aperçu les manoirs. Des armateurs si puissants qu'ils offraient la construction d'une chapelle ou d'un calvaire. Peut-être celui de Tronoën ? (Les trois filles poussèrent un oh admiratif). Des milliers de commerçants, d'artisans, de charpentiers travaillaient au cap Caval. Sans oublier les fabricants de cordes et de filets, comme chez nous ! », dit-il en riant.

Les petites écoutaient leur chef qui se métamorphosait en merveilleux conteur. La dame, connaissant son intarissable époux, donna des signes d'impatience de la charrette où elle était restée assise. « Jehan ! On pourrait pousser plus loin ! », lui lança-t-elle.

Il interrompit avec regret son discours.

« Allez, montez la jeunesse ! »

Le temps de remettre le cheval en jambes, ils stoppèrent de nouveau au flanc de l'église Saint-Nonna, aussi imposante par ses proportions que Notre-Dame-des-Carmes à Pont-l'Abbé...

« Et les bateaux de pierre gravés sur ces murs, laquelle de vous les connaît bien ? »

Les jeunes filles se regardèrent entre elles l'air embarrassé. M. Jehan les excusa : « On ne connaît jamais les richesses de son patrimoine.

– Tu les ennuies ces petites, susurra l'épouse.

– Oh non, madame, je vous assure ! », affirma Angélique la première.

Ils firent ensemble le tour de l'édifice et déchiffrèrent comme sur les pages d'un livre ancien les navires à double pont, à hautes mâtures, certaines surmontées d'une hune, avec un château à l'arrière et à l'avant.

« Qu'est-ce qu'ils pêchaient, monsieur ? se hasarda à questionner la plus jeune de toutes, envisageant déjà la capture de montres marins.

– Rien. Ils faisaient du commerce, embarquaient du merlu, du poisson fumé, direction Bordeaux, Toulouse, parfois jusqu'au Portugal… et remontaient du vin, du pastel et de la toile. Sans parler d'un grand trafic avec les Pays-Bas… »

Il dit cette dernière phrase pour lui-même, se doutant qu'il allait trop loin dans leurs connaissances géographiques.

« Et puis un beau jour, CRAC ! Tout s'est écroulé ! Penmarc'h subit de graves infortunes. Quel malheur ! Si vous êtes intéressées, mesdemoiselles, par l'histoire du pays penmarchais qui est le vôtre, un jour à la fabrique nous organiserons une petite fête et je vous raconterai la suite. Parlez-en aux ouvrières de votre atelier. »

Cette sortie imprévisible ouvrit des horizons à Angélique. Existait-il un autre monde où l'on pouvait éprouver du plaisir à apprendre ? Elle réalisa qu'elle ne savait rien et se promit de s'instruire dans les livres. Mme Jehan avait bien de la chance d'avoir épousé cet homme cultivé.

Elles remercièrent beaucoup le couple et revinrent au placître, bras dessus bras dessous, en fredonnant comme à l'atelier l'histoire de Thumette qui s'était laissé conter fleurette, la-ri-rette, la-ri-rette…

Notre-Dame-de-la-Joie se reposait dans le silence que troublaient parfois les cris des goélands décrivant dans le ciel des cercles de plumes à l'heure de la marée montante. Les baraques improvisées avaient rangé leurs éventaires d'objets pieux, mais aussi de paniers à deux anses en bourdaine, des tamis, des sabots et du *ludu*, la cendre de bois pour blanchir le linge.

Quelques sonneurs s'époumonaient encore à faire danser une vingtaine d'irréductibles ; mais si la cadence était toujours présente, la joie s'était envolée avec les papiers gras qui jouaient les oiseaux. On démontait les tables en s'excusant de réveiller deux ou trois buveurs pleins de cidre doux.

Angélique courut rejoindre sa maison d'où Marie-Jeanne la guettait anxieuse. Elle n'avait pas revu Naïk. Elles en auraient pourtant à se raconter ! Elle parla de la promenade en char à bancs et du décor qui l'environnait et qu'elle ignorait depuis sa naissance.

« Il en sait des choses le contremaître, Ma'm ! Moi je suis ignorante et j'ai décidé de m'instruire dans les livres. »

Elle décréta cela en serrant les poings. Marie-Jeanne dit simplement :

« Ce serait bien d'avoir une savante dans la famille. Tu parles comme ton pauvre père. Lui aussi aurait bien voulu, mais la mer nous bouffe le temps à nous autres... »

Les pensées de chacune divaguèrent dans une brume de réflexions, puis la mère questionna enfin Gaël :

« Parle-nous de tes prouesses, mon fils. Écoute un peu, Angélique ! »

Le jeune garçon occupé à tourner la bouillie confessa qu'il avait « emprunté » le canot de Buannic pour promener ces pauvres gosses, dont certains n'étaient même jamais montés sur un bateau. Ensuite il confessa l'apparition terrifiante du Chacal.

« J'en parlerai à Louis de c't'affaire-là, murmura Marie-Jeanne. » Elle attira ses deux enfants à elle, et ajouta : « Ne me faites plus des émotions pareilles, mes chéris. »

Les chaloupes partaient ensemble à l'aurore vers le grand rendez-vous avec la sardine. Dans un déploiement de voiles rouges et de filets bleus, c'était toute la côte atlantique, de Douarnenez à Lorient en passant par Concarneau, qui profitait cette saison d'une manne exceptionnelle. Les conserveries marchaient à plein temps, on embauchait du monde : beaucoup de gens venus de la campagne. Les ouvrières à l'usine, tôt le matin, travaillaient parfois jusqu'à la nuit tombée ! On chantait bien encore dans les ateliers pour tenir le coup et oublier la fatigue, mais les deux musiciens à l'affût, histoire de faire danser les filles pendant la pause, avaient été remerciés et priés de voir ailleurs. Les petites filles à l'étêtage n'avaient pas le temps de rire d'une bêtise. Elles coupaient la tête des poissons bleus sans répit, sous le regard de la surveillante devenue exigeante.

On avait muté Corentine à l'atelier de mise en boîte. Les ouvrières y travaillaient assises, coupant pour une dernière toilette aux ciseaux queue et nageoires avant d'installer ces « demoiselles » tête-bêche dans leur demeure définitive, le dos bleu bien en vue pour flatter l'œil.

Marie-Jeanne, n'ayant pas eu la même chance, conservait son poste à la friterie. Elles étaient près d'une centaine à plonger les grils dans l'huile bouillante à 150 degrés, provoquant un nuage de vapeur et des éclaboussures. Le manège était incessant. Des fillettes amenaient les paniers pleins et ramassaient les paniers vides que chaque ouvrière plaçait à la hâte derrière elle. Ces va-et-vient donnaient à l'atelier la vision d'un joyeux désordre.

Soudain, les bruits métalliques, les grésillements, les chuintements furent surpassés par un hurlement déchirant suivi de gémissements plaintifs. Les ouvrières épouvantées suspendirent leurs gestes, d'autres abandonnèrent leur gril dans l'huile fumante, le temps de se précipiter vers l'accident, car tout le monde avait pressenti qu'il y avait un drame. Ce furent un brouhaha et une bousculade qui auraient pu générer d'autres accidents.

Marie-Jeanne – puisque c'était elle – gisait inerte sur le sol graisseux dans l'étroite allée obstruée par les ouvrières horrifiées. On comprit qu'elle avait glissé, perdant l'équilibre au moment de plonger le gril alourdi du poids des sardines emprisonnées. Celui-ci s'était mis de guingois, entraînant la pauvre femme dont le haut du corps avait basculé dans l'huile bouillante. Elle avait eu la force toutefois de se rejeter en arrière pour tomber inanimée, les pieds engagés sous le poste de travail, le cotillon relevé jusqu'aux genoux.

Certaines sardinières se cachaient la figure en murmurant : « C'est affreux ! C'est épouvantable ! » D'autres se détournaient car le spectacle était insupportable.

La contremaîtresse délégua une jeunesse pour prévenir un gardien afin qu'il revienne d'urgence avec un docteur. Elle dispersa avec peine les friteuses :

« Allez mesdames, nous allons faire le nécessaire, lança-t-elle. Reprenez le travail. Chacune à son poste, il y a de l'huile qui brûle quelque part !

– Au rythme où l'on travaille, c'est pas étonnant qu'y arrive des accidents ! dit une fille avec véhémence.

– Les allées sont trop étroites ! ajouta une autre. On ne peut pas y circuler sans bousculer un postérieur…

– Vous croyez que c'est le moment des jérémiades ? Pour celles qui veulent être embauchées ailleurs, la porte est ouverte. »

Il y eut des rumeurs. La contremaîtresse reprit :

« Ne te plains pas d'avoir du travail, Germaine. La saison dure de mai à novembre, je connais la chanson : lorsqu'on ferme vos ateliers vous êtes toutes à pleurnicher ! », s'exclama-t-elle en haussant la voix, sachant bien qu'elles avaient raison.

On laissa passer une « ancienne » à la réputation de donner les premiers soins, les accidents étant chose courante.

« Écartez-vous les filles ! »

Du premier coup d'œil, lorsqu'elle vit les mains et les avant-bras violacés et boursouflés dépassant de la camisole, elle sut qu'elle ne pouvait rien faire. Sans aucun doute, la poitrine aussi était brûlée… Seul le visage avait été épargné. Elle n'eut garde de la déshabiller. Elle lui tapota les joues pour la sortir de son évanouissement.

« Seigneur ! Elle n'est pas morte…, murmura-t-elle au frisson des paupières.

– Voilà le docteur, voilà le docteur ! », s'écria une ouvrière.

Celui-ci, aidé du gardien, transporta Marie-Jeanne à demi consciente jusqu'à la voiture attelée qui l'emmena à l'hôtel-Dieu de Pont-l'Abbé.

D'atelier en atelier, la nouvelle de l'accident se répandit. Corentine, mue par un pressentiment, abandonna son poste et courut jusqu'à la friterie. Au regard tragique des femmes qui toutes savaient l'amitié qui liait les deux femmes, elle comprit qu'il était arrivé un grand malheur à Marie-Jeanne.

« On a rien pu faire..., lui dit visiblement émue la contremaîtresse. Il faudra du temps, mais elle est costaud. Elle nous reviendra, va ! »

Après s'être fait raconter en détail l'accident, Corentine chercha Naïk parmi une cinquantaine de jeunes filles au séchage dans la cour de l'usine.

« Notre Marie-Jeanne a eu un accident. On l'a emmenée à l'hôpital ! »

À peine eut-elle le dos tourné qu'un attroupement se forma autour de la jeune fille.

« Raconte, Naïk ! Qui c'est-y qui trinque ?

– C'est Marie-Jeanne. Elle est tombée dans le bain..., répondit Naïk en éclatant en sanglots.

– Maintenant que vous êtes au courant, au séchage les filles !

– Les sardines se dorent le ventre au soleil, madame, elles peuvent attendre ! », ironisa une délurée.

Sa boutade détendit le climat émotionnel. Naïk essuya ses larmes et pensa à sa chère amie Angélique. Qu'allaient-ils devenir, elle et le jeune Gaël ?

C'est la question que se posait Corentine en descendant vers le môle.

Bousculée par les premiers déchargements, elle se réfugia à l'extrémité du quai où déjà deux commises se crêpaient le chignon.

C'était comme si rien ne s'était passé. La mer n'avait pas une ride. Ce jour-là elle se voulait de couleur verte. L'arrivée d'une chaloupe pleine à craquer de poissons d'argent, escortée d'un panache d'oiseaux criards, brisa cette immobilité. Le jeu des rames provoqua des vagues qui se nourrirent l'une de l'autre pour mourir en écume ou simuler un raz de marée, fauchant les pierrailles de la grève.

Accoudées au muret du quai, quelques sardinières, échappées durant la courte pause pour respirer le vent du large et guetter les bateaux, commentaient entre elles la tragédie, au lieu de rire comme à l'accoutumée.

Chaque accident les attristait – et il n'en manquait pas ! Surtout à l'atelier des sertisseurs où plusieurs hommes avaient endommagé une main. Un tribut à payer à l'usine que pourtant tous aimaient car elle les faisait vivre.

Du bateau, la voix tonitruante de Buannic fit tressaillir Corentine. Elle avait pourtant reconnu au loin, parmi toutes les voiles rouges comme autant de petites flammes à l'époque de l'écobuage, celles de la chaloupe aux étendards fauves : un marron orangé qui le distinguait des autres.

Malgré leur affairement, Louis son brave époux et Gaël si jeune à travailler dur lui firent des signes amicaux. Lorsque l'annexe accosta, ils comprirent tous deux, à voir le visage affligé de Corentine, qu'il était arrivé un malheur.

En cet instant, la femme prit sa décision. Elle prendrait chez elle dès ce soir les deux enfants. Angélique n'était-elle pas encore une enfant ? Elle en aurait le chagrin, c'est sûr…

Gaël ne pleura pas. Ce serait pour plus tard. Il dit simplement : « Je veux la voir… »

Louis fut bouleversé, ainsi que tout l'équipage. Buannic exprima sa colère en donnant un coup de pied dans un panier de sardines.

« *Malestout* ! Je me demande si le travail à l'usine ne fait pas plus de dégâts que celui de la mer ! », gronda-t-il.

Le cercle d'affection se resserra autour de Corentine pour en apprendre davantage. Elle déclara :

« Je sais que Louis sera d'accord : dès ce soir nous allons prendre Gaël et Angélique. Ils resteront avec nous jusqu'à la guérison de la pauvre Marie-Jeanne. »

Elle dit cela avec tant d'autorité que nul ne douta de son pronostic.

« La gamine, elle ne le sait pas encore ? questionna une commise.

– Elle l'apprendra bien assez tôt, lui rétorqua Corentine.

– Rentre avec eux ! dit Buannic à Louis avec bienveillance. Ronan fera ton boulot. »

Ce dernier acquiesça et s'adressant à Louis :

« Quand j'aurai terminé, je passerai chez vous. On aura peut-être des nouvelles ?

– Tu mangeras la soupe. »

Par ces quelques mots, Louis acceptait cette présence rassurante. Il approuvait la générosité de sa femme, mais il se caressa le menton en soliloquant : « Deux jeunes de plus à nourrir… Le salaire des enfants n'y suffira pas. Tans pis, on partagera… Comment Angélique va-t-elle réagir en apprenant la nouvelle ? Elle aura la consolation de partager un temps sa vie avec son amie Naïk. Les inséparables ! » Il esquissa un sourire.

Tout en ébouillantant un morceau de lard, Corentine parlait avec Gaël de choses et d'autres pour le distraire de son inquiétude. Naïk, rentrée plus tôt, mettait le couvert, muette. Louis, assis sur une escabelle à peler les pommes de terre, guettait par la porte entrebâillée le retour d'Angélique. Lorsqu'il l'aperçut qui tapait du poing contre sa porte, il lâcha son couteau et la héla.

« Viens petite ! Il n'y a personne chez toi ! »

Elle ne cria pas, ne versa pas de larmes. Depuis son enfance, elle craignait pour sa mère. Les ateliers, elle les connaissait. Naïk lui avait expliqué les machines, les risques, la fatigue, l'endurance... Combien elle-même avait préféré travailler à la fileterie moins bruyante, et sans cette odeur d'huile et de poisson qui lui portait au cœur ! L'accident, elle le redoutait toujours pour sa mère et Naïk.

Ils s'assemblèrent autour de la table à laquelle se joignit Ronan. Malgré la gravité de la situation, il échangea un regard complice avec Naïk. On ne parla que de la pêche miraculeuse.

Louis ferma son couteau. Corentine enveloppa la miche entamée dans un torchon qu'elle plaça au centre de la table comme les riches qui mettent un bouquet de fleurs.

Ils ne s'étaient pas aperçus de la montée du soir, chacun vaquant à s'occuper de son coucher.

On cogna à la porte.

Les regards s'entrecroisèrent. Une visite à cette heure-là ?

Le docteur s'encadra dans l'embrasure de la porte en s'épongeant le front. Ce fut son immobilité qui tint lieu de discours. Il prononça simplement en baissant les yeux et la voix :

« Elle a passé… En arrivant à l'hôtel-Dieu. »

Ce disant, le brave docteur s'écroula sur le banc sans attendre qu'on l'en ait prié.

Ils restaient tous figés, attendant une explication.

« Son cas était désespéré, ajouta le docteur d'une voix à peine audible. On ne pouvait rien pour abréger ses souffrances. La mort s'en est chargé. »

Louis se souvint en une fraction de seconde de la prédiction de la vieille chiqueuse : « Méfie-toi des intersignes… »

L'attitude de Corentine fut exemplaire. Elle attira à elle Angélique et son jeune frère, et déclara à haute voix :

« Maintenant ces deux enfants sont les miens. Marie-Jeanne le voudrait ainsi. » S'adressant à Naïk, elle lui dit : « Angélique était ton amie, elle sera aussi ta sœur. »

Sur son invite, ils se réunirent près de l'âtre, là où une Vierge à l'Enfant en faïence de Quimper était accrochée, et récitèrent une prière pour celle qui avait rejoint le ciel avec la légèreté d'un albatros, et pour eux qui restaient hébétés après une tempête.

Ronan prit congé le premier. Il ne connaissait pas les mots qui consolent, alors il serra la main de chacun avec effusion et prit dans ses bras Naïk et Angélique. Il dit pourtant à Gaël : « Avec Louis, tu auras de nouveau un papa ! Pour la pêche, si tu préfères, ne viens pas ces jours-ci. Buannic sera d'accord. »

Corentine fit l'admiration de tous, bien qu'on ne parlât pas de ces choses-là, par pudeur.

Elle avait fermé elle-même la porte de la maison voisine. Il avait fallu du courage pour assister Gaël et Angélique dans le déménagement de leurs affaires.

« Nous pourrions peut-être venir ici chaque soir pour dormir, Corentine ? » Dans cette demande, il y avait de la supplication car la jeune fille ne pouvait se détacher délibérément de son chez-elle. L'ombre de sa maman s'y profilait encore.

Corentine, dissimulant son émotion, ne tergiversa pas :

« Pour un temps, ma fille, vous habiterez chez nous. Votre maison ne s'envolera pas. Il serait mauvais pour vous d'y venir pour vous torturer. »

Angélique ne discuta pas, heureuse malgré tout d'être prise en main. Elle joignit à son trousseau la coiffe bigoudène dont sa mère ne se départait jamais.

Gaël eut tôt fait d'enfouir dans un sac un pauvre vestiaire. Il rangea sur le dessus une maquette de bateau qu'il avait reçue à son baptême de mousse.

Les obsèques eurent lieu à l'église Saint-Nonna de Penmarc'h, dans le bourg de Tréoultré. Le chagrin d'Angélique fut distrait quelques instants par le souvenir des paroles du contremaître lors de la promenade : « Vous voyez, jeunes filles, cet immense vaisseau a été construit au XVIe siècle… »

Celui-ci était présent avec quelques ouvrières de la fileterie reconnaissables à la coiffe de Kérity, faisant pourtant partie du pays bigouden. Beaucoup plus nombreuses étaient les ouvrières de la conserverie, tirées au sort pour ne pas bloquer le travail. Quant à Corentine et toutes les femmes de sa génération, elles disparaissaient sous une longue cape noire à capuche touchant le sol, fermée au col d'une agrafe en argent. Cette cape de deuil, ces femmes la porteraient aux vêpres et le jour de la Toussaint.

Angélique reconnut plusieurs hommes de l'atelier de sertissage dont certains avaient été victimes d'accident, souvent en tamponnant les couvercles. Par solidarité pour Louis et Ronan, que le bedeau avait placés au premier rang comme « ces messieurs de la famille », des marins étaient présents, sacrifiant une journée de pêche.

Au retour du cimetière, les deux hommes les emmenèrent à l'estaminet, selon l'usage.

Les enfants, qui n'avaient plus de larmes pour pleurer, embrassèrent Corentine en la remerciant. Ce fut elle qui essuya ses yeux.

Pour eux tous, une nouvelle vie commençait…

IV

Les vaches maigres

LES HABITUDES quotidiennes reprirent leur cours. Sur le bateau, Gaël bénéficia de bienveillance de la part de Buannic et des matelots qui cessèrent de le tarabuster. La présence de Louis y était pour quelque chose. Il aurait fait beau voir de toucher un cheveu de son protégé !

Angélique fut également l'objet d'attentions. Le contremaître et son épouse l'invitèrent à déjeuner chez eux. Elle s'inquiéta de cette distinction risquant de provoquer de la jalousie chez les fileteuses. M. Jehan lui ayant prêté des livres, elle rangea ses scrupules avec son trésor. Son désir d'apprendre allait enfin se concrétiser !

Parfois, les soirées dans la maison de la dune s'égayaient avec la présence de Ronan. Vivant seul, il aimait se joindre à ces êtres qu'il considérait comme sa parentèle. Surtout Naïk, il faut bien l'avouer, qu'il dévorait des yeux. À bord il côtoyait Louis, mais leur dialogue ressemblait plutôt à des coups de gueule lorsque le filet s'accrochait par le fond ou qu'on égratignait la coque de la chaloupe contre un écueil... D'une façon générale on n'avait pas le temps de parler, ni l'envie, le Breton étant plutôt taiseux, le marin encore plus : il écoutait le vent dans la voile et imaginait entendre le couinement des sardines. Les gens de mer rapportent que les sardines couinent. Peut-être disaient-elles « au revoir », car le poisson se raréfia de jour en jour. Au début on se résigna : « C'est un mauvais passage... Les sardines sont allées faire un tour dans Dieu sait quelle mer ! » Certains pêcheurs avançaient que l'invention des bateaux de pêche à vapeur en était la cause. D'autres accusaient le Gulf Stream de réchauffer le passage. Pour quelle raison la sardine n'était-elle pas au rendez-vous du calendrier ? La saison ordinaire coulant de mai à novembre, restaient pourtant de longues semaines à remplir les filets ! L'ennemi se manifesta : les bélougas !

Quel est le marin qui, au cabaret, n'avait conté sa rencontre avec le grand dauphin blanc ? On rangeait l'histoire avec la terrifiante apparition nocturne des laveuses, celle du flottement des âmes – les Anaon – sur la lande, et le funeste ferraillement de la charrette de l'*Ankou*... On pensait aussi que l'homme avait trop bu.

Ce soir-là, les commises et les ouvrières désœuvrées guettaient sur le môle l'arrivée des chaloupes qui tardaient. Elles cessaient leur bavardage lorsqu'elles assistaient, consternées, au maigre déchargement. La chaloupe de Buannic accosta. L'équipage éreinté. Sûr, ils sortaient d'un cauchemar. Les hommes ne s'affairaient plus à compter les sardines. Sur le fond, seuls quelques poissons frétillaient avant de finir dans une cotriade !

Buannic, encore un pied sur le bateau, gueula à l'adresse d'un groupe de marins plantés sur le quai à le dévisager :

« Vous avez été attaqués par les bélougas vous autres ? Nous, on en a assommés à coups d'aviron ! Ils étaient si nombreux qu'on a craint pour notre peau. Ils venaient de partout, bouffant tout : les sardines et le filet avec ! Non seulement on a perdu la pêche, mais aussi le matériel... »

Ils débarquèrent, entourés de marins et d'ouvrières de plus en plus nombreux. On laissa

Buannic éclater sa hargne, puis les langues se délièrent :

« Hier “ils” nous ont fait des misères, à tournicoter autour de la sardinière, mais un coup de rame sur le museau et ils nous ont lâchés !

– Moi je ne suis pas persuadé que ce sont des bélougas. Peut-être des thons rouges, ou des marsouins ?

– Demain j't'embarque, toi qui doute toujours. Tu verras si c'est des thons rouges ! rétorqua Buannic.

– On a raison de les appeler “les cochons de mer”, intervient un vieux marin qui naviguait depuis qu'il était gosse. J'me souviens qu'on a connu la même chose en 1880. La crise a duré sept ans…

– Parle pas de malheur ! », grogna le patron.

Il ne savait pas si bien dire car le malheur s'abattit sur la côte. Patrons pêcheurs, matelots, ouvrières, mareyeurs, fabricants de filets : ils furent tous sans travail, la faim au ventre.

« La sardine a complètement disparu ! » « La production s'effondre : plusieurs conserveries débauchent. La misère et la famine guettent toutes les côtes du Finistère ! » Autant d'informations dramatiques qui enfin inquiétaient la capitale.

Corentine, mise à pied ainsi que Naïk, n'avait pas besoin de lire le journal pour savoir qu'il fallait user de débrouillardise pour dénicher des pommes de terre et gratter le fond de son porte-monnaie pour y ajouter un morceau de lard.

Si Ronan travaillait encore avec le patron dans l'espoir de capter cette garce de sardine, Louis et Gaël, avec une barque et la compréhension de Buannic, traînaient des filets dont les mailles étaient supérieures au calibre de la sardine. Ils prenaient tout ce qui se présentait : les tacauds ou les maquereaux faciles à décrocher ; un coup sec et ils tombaient sur le plancher.

Les filles des usines, débauchées, accompagnées des enfants qui désertaient l'école, ramassaient des escargots sur la dune, traquaient les tourteaux dans les rochers à l'aide d'un fil de fer. Ronan, qui venait de plus en plus souvent, amenait à la famille reconnaissante quelques araignées que l'on dépiauterait jusque tard le soir en délibérant sur la situation dramatique… Lorsque le souper tournait court, il proposait à Naïk une promenade sur la grève, avec la permission des parents.

Elle feignait d'hésiter mais goûtait à l'avance la tendresse de Ronan qui, s'il l'aimait furieusement, lui entourait les épaules avec tant de douceur qu'elle en arrivait à le trouver trop sage. Par contre, lorsqu'il devenait entreprenant, enfiévré par les baisers qu'il s'enhardissait à lui donner à l'abri d'un rocher, elle lui tapait sur les mains et rajustait sa guimpe, outragée.

« Naïk ! Tu agis comme pour tes sardines, tu me mets sur le gril !

– Tu n'es pas prudent, non plus. Pense à ma réputation ! Tu me fais des agaceries dans la lumière du phare…

– Certains soirs tu te caches de la pleine lune, maintenant il faut que je t'embrasse entre deux faisceaux du phare ! »

Elle se mit à pleurer.

« Finalement, tu es encore une petite fille !

– Une petite fille qui aimerait bien que tu lui parles mariage.

– En pleine crise ! Comment je te ferais vivre, ma pauvre ? J'ai pêché trois baudroies l'autre jour, j'ai dû aller jusqu'à Audierne pour les vendre ! Ici, il n'y a plus de sous. »

Comme elle reniflait toujours, il ajouta :

« Prends patience ma belle. On s'en sortira et tu seras la plus jolie mariée de Penmarc'h. »

Lorsqu'il raccompagna la jeune fille, Louis était de mauvaise humeur et Angélique déjà sous la couette. Il rentra chez lui par la côte et aperçut le Chacal, l'écume de la mer à mi-cuisses, se penchant dans l'eau pour savonner sa longue chevelure. Vexé d'être vu dans son intimité, l'homme lui montra le poing d'un air agressif.

« Dans le fond, c'est un pauvre type. », pensa Ronan qui avait eu l'envie d'en découdre après l'histoire des enfants. Il le laissa tordre sa tignasse, haussa les épaules, et gagna enfin sa cabane. Son premier soin fut de s'occuper de son cheval.

« Tu t'en fous toi, de ce qui se passe ! Et si j'étais obligé de te vendre ?... » Le hennissement du bidet perça la campagne endormie. Il lui flatta l'encolure, et lui murmura dans l'oreille : « N'aie pas peur, on est au creux de la vague – et je m'y connais –, bientôt tu auras deux rations de picotin par jour et je m'habillerai comme un prince, parce que... écoute mon vieux, je me marierai. »

Dans cette période de disette, on aurait pu croire que les cafés de la côte pleuraient après les clients. Baste ! Maintenant on devrait rentrer les fesses pour fermer la porte du cabaret. S'y désaltérer devenait un prétexte, à n'importe quelle heure, pour avoir des nouvelles.

Si les choses de l'Église concernaient plutôt les femmes, la loi du Nantais Waldeck-Rousseau sur la suprématie du pouvoir civil aux dépens du pouvoir religieux était une affaire d'hommes puisqu'elle prenait des allures de guerre. Maintenant, suite à la loi Combes – un chef radical –, on fermait les écoles dont on expulsait les sœurs. Dans les églises, plus de catéchisme ni de prédications en breton !

Ils se mirent à parler tous en même temps.

Un marin, écouté pour ses connaissances et son bon sens, monta sur un tabouret en réclamant le silence.

« Il faut défendre les libertés religieuses face à la politique anticléricale ! »

Tout le monde applaudit, même ceux qui ne mettaient jamais les pieds à l'église et « mangeaient » du curé. Le marin continua :

« Les paysans se battent partout, contre la police, contre la troupe qui n'est pas d'accord avec ce sale boulot. Nous, les gens de mer, on donne l'impression de les laisser tomber. Dans le centre de la Bretagne, on parle d'émeutes et de barricades ! Expulser les sœurs ! Qu'est-ce qu'ils vont devenir nos gamins ? Il faut se mobiliser les gars ! »

Ronan écarta les uns et les autres pour s'approcher du marin. Il le toisa, bien que l'autre soit toujours sur son tabouret :

« Tu nous cherches, bonhomme ! Tu ne crois pas qu'on a assez de soucis avec notre crise sardinière ? J'ai un pote qui travaille comme sertisseur boîtier. À l'atelier ils continuent à fabriquer des boîtes alors qu'il n'y a plus de sardines, mais ils sont contents d'avoir toujours du boulot. Eh bien à Douarnenez on installe des sertisseuses automatiques ! Vous pensez que les ouvriers, ils n'en veulent pas ! On crève assez de faim, on n'a pas besoin de cette tuile supplémentaire.

– Pourquoi tu nous racontes ça, Ronan. Ce n'est pas notre affaire, déclara le cabaretier.

– Je vais t'épater, je vais avec eux à Douarnenez, lança Ronan.

– Et les petites sœurs, tu n'interviens pas ? Tu es du côté des “rouges” ?

– Chacun son truc, moi je constate la misère qui s'installe, faute de travail », répondit Ronan qui partit en claquant la porte.

Après un instant de silence dû à la stupéfaction, Louis prit la défense de Ronan qu'il considérait déjà comme son gendre.

« Il est courageux de participer à un défilé de protestation pour les autres. Espérons qu'il n'y aura pas de grabuge…

– Qu'est-ce qu'elles deviennent les sœurs quand on les chasse ? questionna un novice connu pour sa sensibilité.

– Certaines sont hébergées chez de généreux particuliers. D'autres trouvent un local pour continuer les classes et s'occuper des jeunes filles sans travail. Vous ne savez donc pas qu'au Guilvinec elles ont installé un « Fourneau économique » pour offrir aux pauvres de la soupe et du pain ? À Penmarc'h, au manoir de Pennety, elles distribuent du secours… C'est la honte d'être indigent, mais il faut faire bouffer les gosses. Certaines familles en ont dix dont la moitié travaillait à la sardine !

– En arriver là alors qu'on a envie de travailler… Dire qu'il y avait onze friteries à Penmarc'h ! »

C'était le vieil Henri qui regrettait toujours l'ancien temps.

Louis sortit du cabaret et courut pour rattraper Ronan. Essoufflé, il hoqueta : « Le prends pas en mal. J'leur ai dit que tu avais raison pour les sertisseuses automatiques.

– Tu comprends ça, toi… Nous, on se débrouille pour le poisson, mais les ouvriers…

Il y en a déjà un paquet au chômage ! En une heure le type sort soixante-dix boîtes et la machine quatre cents. C'est vrai, mais si on laisse faire la "modernité" comme ils disent, bientôt les sardines sauteront toutes seules dans les boîtes !

À la maison de Louis, ils eurent une autre surprise : Naïk s'était inscrite pour aider au Fourneau économique. Quant à Corentine, elle allait de maison en maison et faisait remplir par Angélique, qui savait si bien écrire, les déclarations d'indigence à remettre au bureau de l'Inscription maritime. Sur l'instant Louis fut contrarié que l'on ait agi sans lui demander son avis, puis il fit effort pour les féliciter : « C'est bien, les femmes. On est tous dans le même bateau, c'est le moment de le dire. »

Ce jour du 14 juillet 1902 ne fut pas fêté comme les autres années. Les fenêtres ne s'enorgueillissaient pas de pavoiser. Depuis des semaines, les perches ne faisaient plus danser les vêtements de marins qui n'allaient plus en mer. Ce n'était pas pour s'afficher patriote. Malgré le gouvernement qui commençait à s'émouvoir, on en voulait à tout le monde.

Ronan tint parole. La cour de l'usine était encombrée de charrettes, d'ouvriers et de pêcheurs cherchant un moyen de locomotion. « Montez avec nous ! », entendait-on de tous côtés. Le garçon fut surpris de constater la présence de quelques friteuses, et soulagé de ne pas apercevoir Naïk. Avec le bon vouloir de cette petite, on pouvait s'attendre à tout…

À Douarnenez se forma de lui-même un défilé, sans désordre, qui, s'il n'avait pas été précédé d'un drapeau rouge, aurait pu se confondre avec un pèlerinage religieux. Cette marche silencieuse s'effectuait dans la dignité.

Les protestataires, passant devant l'usine qui installerait sa machine infernale le lendemain, constatèrent les grilles fermées. Bien sûr, c'était le 14 Juillet !

Pourquoi n'avait-t-on pas pris garde à la présence d'un meneur qui, à perdre haleine, emboucha un clairon et sonna la charge ? Ce fut le déclic qui déchaîna même les plus pacifiques. Les grilles furent arrachées, les machines saccagées, portes et fenêtres détériorées… L'autre soufflant toujours dans son instrument, ce fut une véritable mise à sac à coups de masse, certains frappant avec leurs sabots !

La gendarmerie à cheval intervint ; certains, menottés, partirent en prison ou se virent frappés d'une amende. Le progrès par contre ne fut pas arrêté. Les journaux relatèrent l'émeute.

Ronan ainsi que tous les autres revinrent au pays, ignorant qu'ils étaient les premiers à faire du syndicalisme...

Penmarc'h avait changé de visage. Le port pratiquement déserté, on s'apercevait maintenant dans la file d'attente du bureau d'entraide ou devant le Fourneau économique où l'on se faisait violence pour quêter un peu de nourriture. Naïk trouvait bonheur à soulager la misère sans économiser sa peine.

Les vieilles pierres de l'église Saint-Nonna résonnaient de cantiques implorants qui alternaient avec des prières pathétiques. Tous les saints mis à contribution recevaient de maigres offrandes, mais on promettait plus lorsque la pêche ne bouderait plus. À Noël, on économisa même la paille de la crèche ! Sans rancune, l'Enfant Jésus réalisa un miracle. Disons que le sort de la population s'améliora. Non seulement le préfet mais aussi toutes les associations charitables laïques et surtout religieuses multiplièrent les actions. À Paris, les journaux s'étaient emparés de ces informations émanant de la côte bretonne jusqu'à Nantes, à grand renfort de manchettes : « Misère et Famine » ! En janvier 1903, *La Vie populaire, Le Monde illustré, L'Illustration* et en février *Le Petit*

Journal poussèrent des cris d'alarme qui émurent la France entière.

Pour sauver du danger les jeunes filles mises au chômage, des associations caritatives, ainsi que la Ligue patriotique des Françaises, créèrent des ateliers-ouvroirs de dentelle au crochet. Pas besoin d'apprendre à une Bigoudène à tenir un crochet… On connaissait déjà « L'Aiguille à la campagne » qui donnait du travail à domicile. On vit partout les groupes de femmes et de jeunes, à l'ombre d'une église ou sur les pas de porte, exécuter cette dentelle qui devint vite un gagne-pain, un pauvre petit revenu dont on se contentait. Les enfants, qui auparavant faisaient du picot au mètre pour quelques sous, se virent enrôler comme des grandes personnes.

Malgré la crise, Angélique ne cessa jamais d'emprunter des livres à M. Jehan, son ancien contremaître. Elle écoutait avec ravissement ses conseils et commençait à engager la conversation. Un jour, Mme Jehan invita la jeune fille à rester pour partager des crêpes. Intimidée, elle commença par décliner l'invitation puis céda, par gourmandise et par curiosité. Ainsi elle allait pénétrer dans leur cuisine, autant dire partager leur intimité. Cette preuve de confiance lui fit pressentir qu'ils ne la prenaient pas pour une sotte.

« Vous adonnez-vous à la dentelle, chère petite ? lui demanda Mme Jehan.

– Non, madame. Je n'ai pas essayé, je fais seulement du picot. Mon jeune frère Gaël en fait des kilomètres et me fait honte..., répondit Angélique en riant.

– Mon mari m'a affirmé à plusieurs reprises que vous étiez douée pour le travail des filets, et que vous étiez la plus rapide de nos ouvrières ! Si vous le vouliez, je pourrais vous recommander auprès de Mme de Kéradec qui a ouvert une école pour jeunes filles de plus de seize ans. Vous avez plus de seize ans je pense ?

– Je vais sur mes dix-sept ans, madame.

– Comme vous le savez, M. Jehan n'a conservé que son atelier de filets mécaniques – avec déjà des problèmes car ils ne sont pas solides. La demande est quasiment nulle, donc il a du temps. Il vous présentera à cet atelier-ouvroir lui-même. Demain, voulez-vous ? »

Angélique ne pouvait qu'accepter, n'étant plus maîtresse des événements. Les choses allaient si vite. Elle inclina la tête en signe d'assentiment. À cet instant M. Jehan pénétra dans la cuisine, une brassée de magazines serrés contre lui. Il les posa sur la table.

« Assez de livres sérieux ! Aujourd'hui j'ai pensé que cela vous amuserait et vous édifierait sur la mode de Paris. Ma femme est abonnée depuis des années à ces journaux : *L'Illustration, Fémina, Le Petit Écho de la mode.* Les modèles sont bien loin de nos costumes régionaux que je trouve par ailleurs splendides. Mais il faut être de son temps ! Regardez cette belle femme ! La taille si fine, emprisonnée dans un corset…

– Jehan ! Tu t'emportes !

– Hum… (M. Jehan se ressaisit.) Tu veux bien lui prêter ? demanda-t-il à sa femme, son exaltation retombée d'un coup.

– Il est temps que tu me le demandes ! rétorqua-t-elle un peu fâchée.

– Tu ne m'as pas demandé si j'étais libre demain pour aller au manoir ? », lui répondit-il, piqué.

Cette querelle ménagère mit la jeune fille bien mal à l'aise. Mme Jehan s'en aperçut et, pour faire diversion, enveloppa les crêpes restantes qu'elle lui plaça dans la main.

« Ce sera pour le petit Gaël. Pour les journaux, gardez-les. Je ne fais plus de couture et les circonstances ne prédisposent pas aux coquetteries. Et puis, habillées à la mode de Paris, où irions-nous, mon Dieu ! » Elle dit cela en glissant un œil vers son mari.

Malgré le froid, Angélique revint lentement vers la maison de la dune. Elle avait trop à penser pour être distraite par les soupirs de Corentine et les agitations de Louis. Seule Naïk aurait grâce à ses yeux. Elle attendrait que toutes deux soient cachées sous la couette pour partager leurs secrets et lui raconter sa nouvelle vie.

Face à la mer, elle tendit son visage au vent, laissant les rubans de sa coiffe s'affoler. L'odeur des embruns la grisa.

En contrebas, entre les rochers, des silhouettes s'agitaient pour charger une charrette de goémon. Armés de fourches, certains éparpillaient les algues sur le sable pour les faire sécher, ce qui libéra un nuage d'insectes et fit monter jusqu'à elle des relents nauséabonds. Sur la grève un peu plus haut, des tas d'algues noircies et desséchées se tordaient comme avertis d'être bientôt brûlés pour en faire de la soude. Elle savait qu'il y avait un règlement compliqué pour la récolte, mais ne s'en était jamais souciée. Sa chère maman Marie-Jeanne avait raison lorsqu'elle lui reprochait : « Tu n'es vraiment pas une fille de la mer… »

Étonnée, elle reconnut le Chacal. Voilà qu'il travaillait maintenant, alors que tout le monde était au chômage ! Cette pensée la fit sourire. Frissonnante elle remonta son châle sur ses épaules en le croisant bien fort sur sa poitrine.

C'était l'heure du retour de la pêche et pourtant… une seule chaloupe reconnaissable à ses deux grandes voiles rouges, tendues comme les ailes d'un papillon, revenait sans doute de la baie d'Audierne. Dans son champ de vision qui était immense – il est sans limite cet océan –, elle apercevait aussi deux barques qui se déplaçaient à la godille. Elle supposa que leurs occupants posaient des casiers.

Avant de pénétrer dans la maison de Louis, elle attarda son regard sur « sa » maison. Il devait y faire froid. Elle s'y rendrait demain, avant de rejoindre M. Jehan pour la présentation au manoir.

Corentine déjà rentrée était seule, occupée à alimenter le feu avec des fagots d'ajonc. Une fumée âcre refluait de l'âtre. Elle répondit à peine au bonjour d'Angélique. Elle s'essuya le visage défait par la fatigue. En quelques semaines elle avait vieilli.

« Prends le panier et rapporte trois ou quatre pavés de tourbe. Je ne sais où on pourrait trouver des bûches. Sur la côte, il n'y a guère de forêts...

– Vous devriez demander à Ronan, il possède un cheval et ne demandera pas mieux que d'aller couper du bois !

– Il fait déjà beaucoup pour nous... Les forêts appartiennent souvent à un châtelain. »

Puis elle parla comme dans un rêve pour elle toute seule : « Un jour avec Louis, on a remonté l'Odet jusqu'à Quimper. Des arbres immenses bordent la rivière, mais ils font partie de domaines qui existaient sûrement du temps des rois... Les gardes vous attendent avec le fusil ! »

Corentine s'était assise à l'intérieur de la cheminée près de son feu qui maintenant lançait de belles flammes léchant la marmite. C'était une soupe maigre au chou et aux raves. On y tremperait chacun une épaisse tranche de pain. Cette tourte, elle lui avait été offerte par les sœurs pour la longue journée de travail au Fourneau économique, à distribuer des blocs de jus de viande en plus de la soupe.

Ronan ne parut pas ce soir-là. La mine sombre, Louis, qui sans doute aurait dû garder le silence, fit savoir du bout de la tablée que le jeune homme avait des ennuis avec les gendarmes, suite à l'émeute où il aurait pris une grande part.

« Il n'est pas en prison toutefois ? questionna Corentine.

– Ah ça ! Allez donc savoir… »

Le connaissant elle n'insista pas, sachant qu'elle n'en tirerait rien.

Naïk lança un regard apeuré vers Angélique. Quant à Gaël, une histoire pareille l'amusait. Son grand copain Ronan était un héros ! Il en aurait à raconter sur les geôles de Douarnenez, voire de Quimper !

Angélique demanda la permission d'aller dans « sa » maison chercher quelques effets. Corentine n'aimait pas qu'on lui rappelle que l'adoption n'était qu'un vain mot, puisque sa protégée avait toujours le cœur « à côté ».

« Je dois vous dire… Demain M. Jehan me présente chez Mme de Kéradec pour apprendre la dentelle, s'enhardit Angélique.

– Tu as besoin de te faire un bagage ? Pour t'inscrire, il faut sûrement notre permission. C'est-y seulement que tu feras l'affaire ? »

C'était Louis qui venait de parler, comme s'il grondait.

« Moi, dit Gaël, je n'ai pas besoin de professeur pour faire du picot ! Même que maintenant je sais faire les boules ! »

Sa réflexion détendit l'atmosphère. Angélique le félicita mais lui dit qu'elle apprendrait « l'irlande », ce qui était plus difficile.

« C'est avec ça que les Irlandais, en 1850, ont remonté la pente pour sortir de leur grande famine. Peut-être pire que la nôtre ! », lança Louis.

Ils étaient fatigués et n'avaient pas envie d'en savoir plus.

Devant le manque d'intérêt de son auditoire, Louis devança le souhait de Corentine d'aller puiser de l'eau au puits, pressée qu'elle était d'en finir avec sa vaisselle. Les deux filles déshabillées, à l'abri dans le lit-clos, épanchèrent leurs soucis : « Le pauvre Ronan ! Je crains pour lui… », murmura Naïk.

« Si on me garde au manoir, je vous quitterai tous ? Quelle tristesse… », se lamenta Angélique. Le sommeil les délivra, le temps d'une nuit.

Le lendemain matin, Corentine dut se fâcher pour qu'Angélique boive son bol de lait. Heureusement, on avait réussi à sauver la vache pour qui différents acheteurs avaient proposé bon prix. « C'est pas avec l'argent qu'on mange ! », avait toujours répondu la sage Corentine.

« Si tu jeûnes, tu vacilleras devant la comtesse et elle ne voudra pas s'encombrer d'une malade ! »

C'était gentil de la part de Corentine. Preuve qu'elle souhaitait le succès de l'entretien.

Comme elle l'avait annoncé, la jeune fille pénétra dans sa maison, hostile dans son obscurité. Elle poussa les volets qu'elle dut retenir contre le vent défavorable, comme si elle violait un tombeau. S'étant promis de ne pas pleurer, elle fit une prière devant la statuette de faïence que l'on avait souvent implorée tous ensemble. Il lui fallait un tablier autre que celui à rayures de méchant coton qui dissimulait sa jupe fatiguée. Elle se ceintura avec le tablier de satin brodé de sa chère maman, convaincue de sa permission.

Elle fut prête bien avant l'heure. Corentine s'était assurée de sa toilette, ajustant le tablier, lissant de la main le devantier brodé et serrant les lacets de la coiffe, à la limite de l'étranglement. Alors qu'elle allait franchir la porte, elle fut stupéfaite de voir la charrette de M. Jehan s'immobiliser devant elle. Il souleva son chapeau.

« Bonjour mademoiselle. J'ai pensé inutile de vous faire venir jusqu'à chez moi, avec ce temps peu clément. Aimeriez-vous nous accompagner ? proposa-t-il à Corentine. Ma femme et moi aurions dû y penser plus tôt. »

Corentine, confuse, s'empourpra.

« Mon Dieu non, mon bon monsieur. Je n'ai pas les paroles qu'il faut pour m'adresser à une comtesse !

– C'est une grande dame avec des façons très simples. Je n'insiste pas et vous ramène votre jeune personne dans la journée. *Kenavo* ! »

M. Jehan lui installa une couverture sur les jambes et lui prêta une cape de lainage dont elle protégea ses épaules. Quittant Penmarc'h, ils empruntèrent l'unique route longeant les marais de part et d'autre, sans échanger une parole. Le cheval ne lambinait pas, et un vent glacé paralysait leur visage. En passant devant une des conserveries fermées du Guilvinec, ils aperçurent un groupe d'hommes discutant fort, avec des gestes qui laissaient entendre leurs désaccords. M. Jehan expliqua à sa passagère qu'actuellement, vu la conjoncture, il fallait trouver une autre issue.

« Vous comprenez, tous les métiers de la pêche ici se sont focalisés sur la sardine. D'autres ports ont diversifié leur pêche, alors à leur exemple ils envisagent de s'attaquer au maquereau et au thon. C'est une vraie révolution qui entraîne de lourds investissements... Même pour nous qui fabriquons des filets ! »

Angélique dit simplement : « Oui, c'est sûr ! », car elle n'avait pas compris tous les mots, bien qu'elle ait saisi le sens de son explication. Que deviendrait Buannic avec sa chaloupe sardinière ? Et Louis, et Gaël ? Ils contournèrent un cimetière dont elle se souvint, puis ce furent de grands arbres emprisonnés derrière un mur qui n'en finissait pas ; une grille ouverte leur permit de prendre au pas une allée au bout de laquelle se dressait un manoir. Des ifs taillés en pointe comme des chapeaux de clown indiquaient qu'on possédait un jardinier. Bordant une pelouse figée par le froid, de larges massifs d'hortensias aux fleurs rouillées prêtaient à imaginer les tons pastel de l'été.

M. Jehan, après l'avoir débarrassée de ses encombrantes protections, l'aida à descendre. Légère, elle sauta à terre en négligeant le marchepied. Il tira le cordon d'une cloche qui résonna jusqu'au cœur de la jeune fille. Des petits pas précipités se firent entendre sur le carrelage d'un couloir. Ce ne fut pas la comtesse qui leur ouvrit la porte, mais une vieille femme coiffée d'un bonnet de coton dont les oreillettes lui amenuisaient le visage. Les travaux sans doute lui avaient courbé le dos, ou bien c'était l'attitude d'humilité que l'on voit parfois à la domesticité. Elle se troubla en voyant les visiteurs, ses petits yeux noirs allant de l'un à l'autre. Angélique la compara à une gentille souris. M. Jehan la rassura en se présentant, ainsi que la jeune fille.

« Mme la comtesse nous attend. Elle a eu la bonté de... »

Il n'eut pas à terminer sa phrase, Mme de Kéradec apparut, avertie plus par la cloche que par les préambules de M. Jehan.

« Faites entrer dans le salon, Philomène. »

Tandis que la silhouette de la « souris » s'évanouissait dans la pénombre du corridor, la femme qui les suivit au salon révéla sa beauté en pleine lumière.

« Les belles dames des catalogues de mode ! », faillit s'écrier Angélique. Subjuguée, elle n'entendit pas qu'on les priait de s'asseoir. Pour la première fois, elle voyait une personne vêtue autrement qu'en costume bigouden. Une robe de percale blanche aux fines rayures bleues, fermée par un chapelet de petits boutons nacrés, ceinturée d'un large ruban qui faisait craindre qu'elle n'étouffât. Sans doute portait-elle un corset ? Ses cheveux, loin d'être relevés, laqués et retenus par mille épingles sur le bonnet avant d'amarrer la coiffe, s'égayaient en frisons bouclés s'échappant d'une charlotte à la Marie-Antoinette.

M. Jehan, nullement impressionné par ce cadre princier et cette apparition céleste, accepta le fauteuil indiqué par la comtesse. Angélique prit place sur un tabouret recouvert de velours cramoisi.

Après avoir écouté avec beaucoup d'attention le préambule de M. Jehan sur le parcours de l'orpheline, Mme de Kéradec sourit avec bienveillance en posant sa main sur le genou de la jeune fille.

« Nous allons nous efforcer de faire de vous une habile dentellière. Sans gâter vos mains, vous devrez pourtant exécuter quelques tâches ménagères. Hormis Philomène et un jardinier qui nous sert de cocher et d'homme de main, le manoir fonctionne grâce aux ouvrières qui ont ainsi la formation pour devenir maîtresse de maison. »

Un imperceptible tressaillement de M. Jehan torturant son chapeau fit comprendre à la comtesse qu'il avait quelque chose à dire. Elle arrêta donc son discours.

« Mlle Angélique vient surtout pour apprendre un nouveau métier, dit-il. Vous avez eu la bonté de créer cet ouvroir comme l'ont fait plusieurs congrégations religieuses, et je tiens à prendre à ma charge ses frais d'entretien.

– Vous avez sans doute mal compris notre vocation, cher monsieur. Il ne s'agit pas de profiter d'une main-d'œuvre facile. Simplement, imaginez ces petites penchées sur le tulle à broder une journée entière ! Les yeux seraient vite fatigués. La diversité de nos occupations, croyez-moi, est un bon équilibre. »

M. Jehan regarda Angélique. Celle-ci, indifférente à la conversation qui pourtant la concernait, touchait du regard les tableaux accrochés au mur, les porcelaines dans la vitrine d'un argentier, jusqu'au lustre hollandais porteur de six bougies !

Elle réalisa d'un coup qu'elle en était l'enjeu lorsque Mme de Kéradec réitéra sa question :

« Avez-vous apporté votre bagage ? » Elle fit non de la tête. « Inutile de perdre du temps en allées et venues. Je vous prêterai une tenue simple de coton et un bonnet pour travailler à l'ouvroir, ainsi qu'une chemine de nuit. Dès maintenant vous faites partie de la maison et serez à l'abri des troubles actuels. »

Après une pause, elle ajouta :

« Quelle décision prenez-vous petite demoiselle ? »

Angélique, consciente de sa part de responsabilité, oublia le joli décor et répondit :

« Tout va très vite, madame. Je n'ai pas embrassé mon petit frère, mon amie qui va être bien surprise, et ses parents un peu les miens à ce jour…

– Vos scrupules vous honorent et démontrent que vous avez du sentiment, mais M. Jehan se chargera avec tact, j'en suis sûre, de cette besogne pour vous. Les adieux sont toujours pénibles. D'ailleurs il reviendra vous voir et vous pourrez allez dire bonjour aux vôtres à Penmarc'h de temps à autre. »

Angélique, surprise de ce programme qu'on lui imposait, chercha du regard celui de son bienfaiteur. Il ne bronchait pas, fixant le tapis. Sur l'instant elle le trouva lâche. Était-il au courant de cette procédure ? Mme de Kéradec, en intelligente femme qu'elle était, ne laissa pas s'installer ce malaise, aussi elle enchaîna :

« Depuis l'ouverture de cet ouvroir que nous devons à l'initiative et à la générosité de M. de Kéradec, huit jeunes filles de votre âge apprennent la broderie, et quatre petites prennent le relais. Studieuse – selon l'affirmation de M. Jehan –, vous rattraperez vite leur savoir-faire. Il paraît que vous n'aviez pas votre pareil pour tourner et nouer le fil de lin pour faire du filet. La demande en dentelle d'Irlande augmente de jour en jour, la mode évolue, nous commençons à intéresser Paris ! Une religieuse de mes amies est partie sur place pour apprendre cette technique.

– En Irlande ! s'exclama Angélique. Mais... je ne sais rien, madame !

– Voilà un cri du cœur qui me plaît. Certaines se targuent d'être déjà des artistes...

– Puis-je poser une question, madame la comtesse, s'enquérit M. Jehan.

– Je suis là pour vous répondre.

– Comment écoulez-vous le travail de ces jeunes personnes ?

– Grâce à des intermédiaires qui en abusent parfois, au détriment de nos jeunes brodeuses... Je vous expliquerai plus tard, M. Jehan. Nous allons ensemble visiter la maison avant de prendre une collation. »

Ce disant, Mme de Kéradec, pleine de vivacité, se leva, défroissa sa robe d'un geste qui intimait au tissu de reprendre son maintien, et à son auditoire de clore la conversation.

Ils montèrent un escalier fleurant bon la cire pour aboutir à une chambre où s'alignaient quatre lits sans châssis, mais recouverts chacun d'un jeté de lit en piqué blanc, ce qui donnait à cette pièce un aspect monacal. Une autre chambre attenante à celle-ci était à l'identique avec en plus un lit « haut sur pattes » pour une surveillante.

« Je vous la présenterai à l'atelier. Elle me seconde dans le travail des jeunes filles lorsque je dois m'absenter pour la diffusion de nos ouvrages. Elles a des mains de fée et n'a pas son pareil pour broder sur tulle. Votre lit est placé à ses côtés. C'est ainsi que nous faisons pour chaque nouvelle. »

Angélique se retint de demander ce que cette novice devenait après ?

On leur entrebâilla une porte au fond du couloir :

« Ici, l'espace "*lavatory*" comme on dit en Irlande. Nous exigeons une toilette complète une fois par semaine ; nous sommes très strictes sur l'hygiène. »

Le débit de paroles de Mme de Kéradec ne permettant pas de l'interrompre, M. Jehan se contentait d'opiner du chef, et parfois regardait Angélique avec un sourire complice. Enfin, ils pénétrèrent dans l'atelier ! Autour d'une longue table s'appliquaient à l'ouvrage une dizaine de jeunes filles d'environ seize ans ainsi que des petites mignonnes encore à l'enfance. Elles relevèrent la tête pour considérer les intrus. Angélique eu l'intuition que ce moment était capital pour la suite des relations. La comtesse présenta sa nouvelle recrue avec gentillesse. Alors que M. Jehan s'inclinait, Angélique lança : « Bonjour mesdemoiselles ! » Ce qui fit rire les petites.

L'apparition de Philomène, ligotée dans un tablier de grosse toile, fut le signal pour annoncer le goûter. Les petites apprenties rangèrent bobine et crochet dans leur poche, tandis que leurs aînées enfermèrent de délicats motifs dans leur boîte respective. Angélique eut le temps de reconnaître les incrustations : fougères, rouets, pâquerettes qui lui étaient familières lorsque les dentellières travaillaient sur la côte à l'ombre d'un rocher ou assises sur les murets de l'enclos.

Les filles s'éloignèrent de la table pour boire un bol de lait chaud épaissi de farine d'avoine. « Des petits chats ! », pensa Angélique. Eux, les invités, furent conviés à entrer dans la cuisine-réfectoire où ils eurent droit à des galettes et du cidre doux. Ils prirent bien conscience qu'il s'agissait d'une faveur et en furent gênés.

« M. Jehan, nous allons nous quitter, annonça la comtesse. Maryvonne va vous accompagner jusqu'à la grille, vous pourrez vous dire au revoir sans témoin.

– Ce n'est pas “Maryvonne”, madame, mais Angélique, précisa la jeune fille.

– Soit, allons pour Angélique, mais appelez-moi “madame la comtesse” s'il vous plaît. »

Elle dit cela d'un ton autoritaire qui assombrit la nouvelle pensionnaire.

Le cheval détaché de l'anneau qui retenait sa bride, ils montèrent silencieusement dans le char à bancs. En cette fin d'après-midi, le vent était tombé, ne balançant plus les branchages. Les massifs d'hortensias au dos voûté paraissaient fleurir une tombe oubliée. Cette immobilité lugubre et le ciel gris parlaient déjà du soir. « L'hiver s'annonce... », dit seulement M. Jehan. Arrivé à la grille, il tourna son regard vers la jeune fille et s'aperçut qu'elle pleurait. Ménageant sa pudeur il ne dérangea pas son chagrin. Avait-il eu une bonne idée d'éloigner cette enfant de ce qui maintenant était un foyer avec Naïk pour compagne et ce petit frère orphelin ? À l'arrêt, le cheval secoua ses harnais agrémentés de grelots, un caprice de Mme Jehan qui aurait bien décoré son animal favori comme un arbre de Noël !

Angélique se laissa aider pour mettre pied à terre, le cœur trop lourd pour sauter allégrement. M. Jehan l'embrassa sur les deux joues, maîtrisant son émotion et lui dit avec douceur :

« C'est un changement de vie, petite fille, mais vous allez apprendre un métier. Vous vous ferez des amies, j'en suis sûr. Je reviendrai bientôt, et si vous êtes malheureuse je vous ramènerai dans la maison sur la dune. De la côte, vous guetterez l'arrivée d'un prince charmant… »

À travers ses larmes, elle sourit :

« Pourquoi faites-vous tout cela pour moi ?

– Pourquoi sur la lande, la bruyère offre-t-elle encore ses couleurs violacées tandis que l'ajonc a perdu ses fleurs de soleil ? »

Elle fit lentement demi-tour, s'effaçant dans la grande allée vers un nouveau destin.

V

Bouleversements chez les Bigoudens

CE FUT D'ABORD la consternation lorsque M. Jehan annonça à Corentine et à Louis qu'Angélique était demeurée au manoir des Kéradec. À peine assis sur le banc il reçut une pluie de véhéments reproches.

« Ce n'était pas prévu du tout ! On dirait que nous voulions nous en débarrasser..., explosa Corentine. Partie comme ça, sans même prendre une carde pour ses cheveux, et seulement une camisole pour tout bagage ! La pauvrette ! »

Louis, dans ces cas-là, restait muet car il ne parlait qu'après avoir mûri la situation. Il s'ébouriffa la tignasse et grogna enfin : « *Bidiez Kernu*[1] ! Vous n'aviez pas le droit de la laisser sans nous le dire.

---

1. *Juron breton : chèvre cornue ou cocue.*

– Il a raison, M. Jehan. J'aurais dû accepter de vous accompagner. »

M. Jehan attendit que colère se passe. Lorsqu'ils eurent vidé leur amertume, posément il tenta d'expliquer :

« Chers amis, ne montez pas sur le cheval avant d'y avoir mis le harnais. »

Il fit une pause, puis reprit :

« Nous avons été bien reçus par la comtesse. Elle a tout de suite considéré Angélique comme une pensionnaire. On ne discute pas avec elle. C'est ma faute. J'avais trop vanté les qualités de la petite… »

À ce moment précis, Naïk, qui revenait de traire la vache, posa son seau de lait à terre avant de pousser la porte. En voyant l'attelage, elle ne fut pas étonnée d'entendre parler M. Jehan. Elle s'immobilisa pour écouter.

« Ayez confiance, elle en fera une brodeuse dont on s'arrachera le travail ! Quant au droit que j'ai sur elle, vous êtes les seuls à partager le secret. J'en profite pour vous remercier mille fois de votre discrétion mais vous m'obligez à vous rappeler que si j'avais épousé ma chère Marie-Jeanne, elle n'aurait pas travaillé à l'usine, elle ne serait pas morte dans d'atroces souffrances et les enfants ne seraient pas orphelins aujourd'hui… »

Sa voix se brisa mais il continua :

« Je me dois donc de réparer autant que je le peux. C'est pourquoi j'aide Angélique. Je l'aimais Marie-Jeanne, vous savez, mais ma famille... Elle me reniait si je m'obstinais, alors j'ai manqué de courage. »

À son visage défait et ses mains prises de tremblements, Corentine, toute colère tombée, s'apitoya sur le chagrin sincère de M. Jehan.

« Après tout, conclut-elle, vous avez bien fait de donner sa chance à la petite. Pour Gaël, ce sera un nouveau coup dur, mais il est courageux. »

Se doutant que l'entretien touchait à sa fin puisqu'ils trinquaient tous trois au succès de la jeune fille, Naïk reprit son seau et pénétra dans la pièce. Elle feignit l'étonnement :

« Angélique n'est pas revenue ?

– Ça y est ! Elle est embauchée ! Une chance par les temps qui courent... »

Corentine fut superbe, étonnant les autres par sa capacité à mentir.

« D'ici une quinzaine, nous irons faire une visite à Mme la comtesse de Kéradec. Je compte sur vous, Corentine ! », dit M. Jehan.

Naïk sortit pour fermer les battants des volets. Le char à bancs s'éloignait dans la nuit, emportant M. Jehan avec son cœur en écharpe pour la belle Marie-Jeanne qu'il n'avait pas voulu garder.

« Nous serons quatre maintenant à savoir le secret », pensa Naïk. Elle s'attarda quelques instants à écouter le ressac. La lune semblait s'être baignée dans l'océan, abandonnant sur les flots des reflets d'une blancheur éclatante.

La maison sur la dune paraissait si petite…

L'arrestation de Ronan ne fut que de courte durée. Trois jours dans la prison de Quimper avec des gardiens qui ne savaient que faire pour lui être agréable ! Est-ce qu'il avait la tête d'un malfaiteur ? Il avait payé pour l'exemple, convaincu que le saccage n'était pas une solution pour réagir contre la modernité. On le reconduisit dans un fourgon pénitencier tiré par deux chevaux. À trois kilomètres de Penmarc'h, il demanda qu'on le laissât finir à pied, n'ayant pas l'intention de débarquer comme un truand gracié. Son premier devoir fut de rentrer chez lui pour voir la condition de son cheval. À son grand soulagement, il comprit que Louis s'en était occupé. Il lui tapota les flancs et flatta le velours de ses naseaux. « On va faire un tour au port ? Mieux vaut affronter en conquérant plutôt qu'en péteux. Qu'est-ce que tu en penses ? » Il sauta sur son dos et ne fut pas long à être entouré et ovationné. À l'entrée de Saint-Guénolé, les gosses – pieds nus ou en sabots – lui firent cortège, et quelques commères aux fenêtres applaudirent. En haut de la cale, un rassemblement gesticulait autour de Buannic. Du sommet de sa monture, Ronan identifia tout de suite le patron.

« Ah ! Te voilà arsouille ! Tu deviens aussi dangereux que La Fontenelle ! », lui cria Buannic en signe de bienvenue. Les marins en perdirent leur chique pour s'esclaffer : « On parle de choses sérieuses, nous avons besoin de ton avis mon gars. »

Il s'assit comme les autres, qui sur un casier, qui sur un paquet de cordage. Le patron bien campé sur ses jambes continua :

« Notre flottille est importante et la mer est toujours là. Ceux de Douarnenez et de Concarneau nous regardent. Dans le sud du Finistère, on compte quatorze conserveries, la plupart fermées, eh bien notre “confiserie” à nous elle va rouvrir ! »

Il y eut des murmures.

« Pas la même activité, *ma Doué* ! mais aménagée pour mettre en conserve des maquereaux et des primeurs au printemps, si cette garce de sardine est partie aux Amériques ou je ne sais où… Qu'est-ce que vous en pensez ?

– Pour le maquereau, ça c'est une idée si les patrons sont d'accord, mais il faut changer tous nos filets, question de moules[1] ! intervint le jeune Marcel.

– Sûr qu'il faut un investissement en matériel, convint Buannic. Mais nos filets à sardines, on les met de côté, ils vont bien resservir un jour. Dix par chaloupe ! L'usine avancera les frais, on remboursera quand ça frétillera sur le pont. À la fileterie, Jehan va pouvoir en mettre un coup !

– Et les légumes ? T'as une façon toi de pêcher les petits pois ? ironisa un matelot.

– Vous êtes presque tous des pêcheurs-agriculteurs, même si vous ne vous en vantez pas à la chambre syndicale. Au lieu de porter vos récoltes à la halle de Pont-l'Abbé, vous n'aurez qu'à les déposer à l'usine. »

Certains hochèrent la tête, convaincus. D'autres se grattèrent le menton, indécis. Ronan et Louis croisèrent leurs regards, de l'air de dire : « Il est fort, le patron ! »

« C'est bien beau votre histoire mais ce n'est pas pour tout de suite. On est au début de l'hiver… À part quelques choux et des pommes ratatinées qu'on a oubliées pour le cidre », dit

1. Largeur des mailles du filet en centimètres.

en pleurnichant un gars connu pour son pessimisme.

Haussant les épaules, Buannic continua :

« En attendant, fini le cabaret où vous faites des dettes et où vous vous abîmez la santé ! Avant la venue du froid qui pourrait nous pourrir l'existence, préparez la campagne de pêche ! On va colmater la coque du *Ciel avec nous*, cachouter[1] les voiles, enduire aussi les cirés. Dès que les filets seront prêts, chacun se chargera de les bouillir au « bleu ». On ne verra pas la vie en rose, mais en bleu ! Vous connaissez bien votre boulot. Un mois de patience et on repart en mer ! »

Il était si entraînant le patron que les gars poussèrent des hourras en jetant leur béret en l'air. Gaël, subjugué par le discours de Buannic, applaudit en riant.

Sur son modèle, d'autres équipages envisagèrent un autre mode de pêche, et si la misère assombrissait toujours les foyers les femmes elles-mêmes reprirent espoir. Enfin des commandes à la fileterie… M. Jehan proposa à Naïk de remplacer Angélique dont il n'avait pas eu besoin de conserver le poste auparavant. La

1. *Imperméabiliser. Le cachou est extrait d'un acacia des Indes.*

jeune fille était libre puisque l'usine qui entrouvrait seulement ses portes ne l'avait pas retenue. Travailler à Kérity l'empêcherait de voir Ronan débarquer avec ses paniers. Elle était si heureuse de l'apercevoir lorsqu'il traversait la cour lors du séchage en plein air. Ils inventeraient autre chose, les amoureux ne manquent pas d'idées ! Travailler le fil de lin n'était pas tendre pour les mains et le geste un peu monotone, mais quelle tranquillité malgré le bruit de quelques machines ! Plus de vapeur, plus cette exécrable odeur qui empestait les cheveux jusque sous la coiffe ! M. Jehan était un bon patron, exigeant sur la discipline et le travail bien fait ; autre chose que les aboiements de la commise semblant contente lorsqu'elle vous prenait en défaut.

Croiser le regard de M. Jehan troublait fort la jeune fille. Il était à cent lieues de se douter qu'elle avait surpris le secret. Ainsi il avait été sur le point de marier la Marie-Jeanne ! Angélique pourrait-elle être sa fille ? À son insu elle dévisageait parfois le patron, cherchant une ressemblance avec sa chère amie.

Les Fourneaux économiques fonctionnaient toujours à plein temps et, au bureau de l'Inscription maritime, la liste des déclarations d'indigence s'allongeait. On proposait aux ouvriers d'aller travailler dans les mines du Nord et du Pas-de-Calais. Certains revenaient, d'autres en mouraient… Pourtant on constatait quelques soubresauts d'activité dans les ports du cap Caval.

Ronan, pour complaire à Corentine, se préoccupa de lui procurer du bois pour son feu. Celle-ci mit de côté la plus belle bûche qui brûlerait à Noël. Si on manquait de pain, on aurait au moins la lumière de la Nativité. Louis, installé dans son jardin, put entretenir un feu sous un immense chaudron dans lequel il immergea un filet dans l'eau bouillante où il avait dilué du « bleu ». Gaël, impatient d'aider, se vit rembarré car l'opération était dangereuse. « C'est une soupe de sorcière ! Regarde de loin, moussaillon ! », lui lança Louis qui, à l'aide d'une vergue, s'arc-boutant sur ses jambes, sortit le filet dégoulinant. Étalé sur l'herbe, il dégorgerait avant de sécher au mât de la chaloupe. L'enfant mis à l'écart regardait avec effroi cette nappe fumante dont le vent faisait onduler des feux follets aux lueurs bleues.

« Tu ne vas pas rester à bâiller, Gaël ! La mère a peut-être besoin de toi… », le tança Louis.

Vexé, Gaël s'apprêta à franchir la porte de la chaumière lorsqu'il aperçut un homme qui se dirigeait vers le hameau. Sans aucun doute celui-ci venait à la maison... À quelques mètres, il leva sa main en signe de bonjour. L'enfant le reconnut malgré les mois d'absence et cria : « Corentine ! Louis ! C'est François qui rentre ! »

Les interpellés abandonnèrent sans hâte leur ouvrage – car les Bigoudens ne s'affolent jamais – et s'immobilisèrent à la vue de François, enfin revenu de l'enfer des terre-neuvas. Il était vivant ! Si chacun pensait à lui chaque jour, on n'osait pas l'évoquer, sa place toujours marquée à table, son ombre planant dans la maison.

À son retour du travail, quelle surprise pour Naïk de reconnaître son frère attablé entre ses parents ! Louis avait sorti une bouteille d'un vin vieux qu'il réservait pour une grande occasion.

Sur le visage du jeune homme s'inscrivaient en sillons parcheminés les peines et le travail de bagnard endurés. Le poil de sa jeune barbe avait blanchi dans les brumes de Terre-Neuve.

Corentine essuya ses larmes à la vue des mains de son fils. Elles portaient les stigmates des gerçures du froid et les morsures du sel.

« Mon Dieu ! Pourquoi t'avons-nous laissé partir, mon fils ? gémit Corentine.

– J'avais le choix, Ma'm, ne te culpabilise pas. À l'embarquement, j'ai vu des gosses pleurer parce que les parents n'avaient plus les moyens de les nourrir. On avait décidé pour eux, c'était terrible… Pardon à tous, mais j'aimerais un peu dormir, si vous le permettez, dit François visiblement épuisé.

– Tu veux faire une toilette peut-être ? demanda la mère qui voyait toujours son gamin.

– On ne se déshabillait presque jamais là-bas, alors on peut attendre à demain pour chauffer un grand baquet d'eau. Merci Ma'm ! »

Il grimpa dans le lit-clos sans se soucier qu'il s'agissait du lit conjugal et ronfla aussitôt.

Louis posa sa main sur celle de Corentine, ce qui était chez lui une manière d'exprimer sa perplexité, et dit en baissant la voix :

« Qu'est-ce qu'on va faire de lui, le pauvre garçon ? Il n'est pas en état de travailler, n'est-ce pas ?

– Il faut qu'il se refasse une santé d'abord. Et pas question qu'il retourne à Terre-Neuve ou en Islande pour disparaître dans les brumes… Est-il au courant de la situation ici ?

– Il s'en rendra vite compte, Corentine. Ne lui parlons de rien. Attendons. Ce n'est plus un enfant, il a peut-être un projet ? Va dormir avec

Naïk, je vais dans l'étable, ça me rappellera quand j'étais gagé ! »

Il enfila son ciré comme s'il partait en mer et, au moment de tirer la porte sur lui, il ajouta :

« C'est tout de même un grand bonheur le retour de notre fils qu'on croyait avoir perdu… » Corentine acquiesça en refermant sans bruit la porte derrière la silhouette qui se découpait sur une belle nuit étoilée.

Dans les jours qui suivirent, on en apprit un peu plus sur le calvaire de François. Oh ! il ne se livrait pas facilement et n'avait pas le caractère à pleurnicher ! C'était plutôt à Ronan qu'il racontait, par bribes, lorsque l'amoureux de Naïk passait la soirée à la chaumière.

« Ne le dis pas à la mère, Ronan, mais j'ai failli claquer plus d'une fois. On tirait au sort à bord du trois-mâts pour répartir les zones de pêche. Je tombe sur le plus mauvais coin… Nous voilà partis, à trois sur le doris[1], et au bout d'une heure un mur de brume s'abat sur nous. La "boucaille" comme on l'appelle. Un mur, j'te dis. Impossible de s'orienter ; tu peux crier, ta voix est absorbée comme dans du coton. » Il

1. Petit canot. Un trois-mâts en embarque une quinzaine à bord.

s'arrêta un instant et respira largement au cœur du cauchemar. « Quatre jours à divaguer, plutôt qu'à naviguer, perdus dans le brouillard... On a mangé du poisson cru et bu de l'eau salée. Le plus jeune, lui, il refusait, appelait sa mère et voulait se foutre à l'eau ! Imagine, Ronan, le miracle lorsqu'on a cru entendre une sirène. C'était le navire-hôpital, le *Saint-François-d'Assise* ; il en récupère des centaines, des doris à la dérive... On a été bien soignés. »

François se tut, épuisé par son récit.

« Mon pauvre vieux ! Moi qui pensais parler à Buannic de t'embarquer ! Nos deux matelots sont partis courir leur chance à Belle-Île.

– Merci, tu es un frère mais, vois-tu, je vais te décevoir... je ne veux plus monter sur un bateau avant longtemps ! »

À quelques jours de là, Naïk rentra le soir porteuse d'une bonne nouvelle.

« Si tu veux, François, à Kérity il y a un bonhomme qui fabrique des casiers. C'est un boulot d'hiver. Il me disait ne plus suffire à la demande.

– Voilà un travail qui me convient, petite sœur. Mes mains sont guéries, je pourrais étrangler un naufrageur ! »

Avoir trouvé du travail changea le garçon. Le cheveu redevenu souple, et le poil rasé, il avait rajeuni de quelques années ! Débrouillard, il mettait parfois un sac de farine ou un morceau de lard entre les mains de Corentine.

Après une visite à Angélique qui se portait comme un charme, et dont les progrès étonnaient la comtesse, M. Jehan obtint la promesse de venir chercher la pensionnaire pour la fin de l'année.

M. Jehan était venu au manoir, accompagné de Corentine, environ deux semaines après l'engagement de la jeune fille afin de se rassurer mutuellement. L'entrevue avait été brève au grand désappointement des visiteurs. Philomène les avait introduits au salon, et Mme la comtesse, qui avait fait appeler Angélique, était restée présente à leurs effusions et leur entretien. On avait senti qu'il fallait faire vite à cause du travail interrompu. La pauvre petite les avait assurés qu'elle était heureuse, bien entourée, et qu'elle apprenait beaucoup de choses – de toute façon elle ne pouvait dire autrement. S'ils étaient repartis dépités, au moins avaient-ils la confirmation, par la bouche même de Mme de Kéradec, que la jeune dentellière présentait des aptitudes exceptionnelles.

Lorsque le char à bancs s'éloigna dans l'allée du parc, Corentine se retourna vers le bâtiment et aperçut Angélique, le visage collé à la vitre. « Je pense bien qu'elle pleure..., avait-elle dit à M. Jehan.

– Nous avons obtenu la promesse de la faire venir quelques jours à Noël, Corentine ! », répliqua-t-il pour consoler sa compagne. Celle-ci grommela :

« Sans vous critiquer, je pense qu'elle aurait pu apprendre à Pont-l'Abbé chez Mme Pichavant. Des femmes et des enfants se font des sous, grâce à elle !

– Par quel moyen se rendrait-elle à Pont-l'Abbé, ma chère Corentine ? Vous savez bien que nous habitons au bout du monde ! »

Il avait raison. C'était un homme de confiance et d'honneur, malgré l'ombre du passé. Elle le remercia pour la visite qui lui avait fait plaisir et pour la promenade dans la campagne, bien que figée par le froid, ainsi que les hameaux traversés dont elle ne se souvenait même plus les noms. Il l'aida à descendre du char à bancs et partit au trot de son cheval retrouver Mme Jehan. « C'est un monsieur ! Autre chose que cet ivrogne qui a épousé la Marie-Jeanne. Elle joue des tours la vie... », pensa-t-elle.

De tous, c'était Gaël le plus impatient de revoir Angélique. Même si elle le tourmentait parfois pour le taquiner, elle l'aimait tendrement, lui donnait des conseils, et en elle il voyait un peu sa mère. Elle arriva, à deux jours de Noël, entre chien et loup, sans s'être fait annoncer, dans la propre calèche de la comtesse aux bons soins de son homme à tout faire.

Ce fut le branle-bas dans la maisonnée, ceux qui travaillaient étant déjà rentrés. Naïk, qui ouvrit la porte, fut clouée de surprise avant d'étreindre son amie au risque de déstabiliser sa coiffe ! « Te voilà enfin ! Tu nous manques tant ! » Gaël, pour avoir sa part de tendresse, tira sur le tablier de Naïk : « Un peu aux autres ! » Il riait et pleurait en même temps. Comme à l'habitude, sa sœur lui ébouriffa les cheveux : « Tu as grandi toi, tu manges donc à ta faim ; la pension est bonne ! » La réflexion fit tousser Louis. Corentine s'excusa de son négligé, elle revenait « de la vache » et n'avait pas quitté ses sabots.

En retrait, François contemplait la jeune fille qu'il n'aurait pas reconnue en dehors de cette maison. Sans doute devait-il l'embrasser ? Il avait quitté une fillette, il retrouvait une madone comme sur le tableau de l'église. Il osa et, en effleurant sa peau, la compara à celle d'un bébé.

Elle éprouva elle aussi un choc, le trouvant vieilli par rapport à son souvenir, mais n'en laissa rien voir. « Je suis bien heureuse de vous revoir tous… » On l'examina, on la fit virevolter pour l'admirer sous tous les angles. Corentine apprécia qu'elle fût fidèle au costume bigouden.

« Ma bonne Corentine, à l'ouvroir je ressemble à ces femmes qui réclamaient la mort de Louis XVI : une robe de toile serrée à la taille et un bonnet blanc que l'on pose sur la tête comme sur un pot de confiture ! »

Elle fit rire tout le monde, ce qui l'encouragea à continuer : « À l'atelier, la maîtresse en broderie ne nous quitte pas des yeux : "Marie, votre bobine va rouler !" "Ernestine, décollez-vous de la table, on dirait que vous allez brouter votre travail !" »

Elle mimait avec drôlerie, ils ne l'avaient jamais vue aussi excitée. Ses yeux brillaient, malicieux. Non seulement elle avait appris quantité de choses mais encore s'était forgé une personnalité. Elle aurait scandalisé Marie-Jeanne qui l'élevait dans la modestie. Ne disait-on pas dans les foyers bigoudens : « En société, une jeune fille doit baisser les yeux ! »

Ronan et François, ces jeunes mâles, ne la quittaient pas du regard. Même Louis qui ne se détournait plus sur un jupon avait la mine réjouie.

La mère donna un coup de torchon sur les bancs et réclama que l'on s'assied. Sans qu'on l'en pria, Gaël, de nature complaisante, distribua à chacun une écuelle. Au-dessus de la table était suspendu le *parailher*[1] autour duquel étaient accrochées les cuillères. Celle d'Angélique n'avait pas changé de place. Ainsi on l'attendait, cela lui procura un petit bonheur. Corentine comme pour s'excuser annonça les menus à venir :

« Ce soir, ce sera maigre. Demain soir, après la messe de minuit, on se régalera d'un civet de lièvre qui marine déjà dans un bon vin rouge et, le 25, on sacrifiera nos deux dernières poules qui ne savent même plus comment on fait un œuf ! L'an passé, vous vous souvenez les garçons, vous aviez porté une hure de cochon à cuire au boulanger… »

Ce disant, elle déposa sur la table un chaudron dans lequel Louis avait cuit une soupe de poissons. Par chance il avait pêché à la ligne

1. *Sorte de roue accrochée aux solives à laquelle on suspendait les cuillères.*

deux grondins et une baudroie due au coup de filet de Ronan. Pour ne pas être en reste, Gaël avait grappillé dans le fond d'un casier une araignée et un dormeur en léthargie pour toujours. Chacun se coupa une tranche de pain dans cette soupe, ce qui fit dire à Angélique que cette cotriade serait inoubliable. Elle n'avait pas mangé de poisson depuis des semaines. De plus, cuisinée par Louis !... Flatté du compliment, il avoua que c'était sa spécialité et ajouta en confidence : « Lorsque j'étais plus jeune il m'est arrivé de faire le cabanage. Naïk dit ne plus se souvenir. Ma'm, elle, n'a pas oublié : ses angoisses lorsque le vent claquait les volets et qu'elle me savait dormir sur le sable entre terre et mer... Trop loin de chez nous pour revenir de la pêche, on débarquait à Douarnenez. Sur la grève on montait notre cabane. À l'aide des deux avirons, on tendait la voile au-dessus de la chaloupe. C'était notre maison... On y dormait à quatre bien à l'abri. Sur un brasero, on cuisait notre cotriade mangée directement dans le chaudron... » À l'évocation de ses souvenirs, Louis devint rêveur et chacun espéra qu'il continuerait à raconter, mais il s'était déjà beaucoup livré.

Ils épluchèrent tous des châtaignes dont la peau éclatée, noircie par le feu, brûlait les doigts. Après un silence, Louis reprit :

« Ces châtaignes, elles ne viennent pas d'ici, vous vous en doutez, il n'y a pas un arbre ! C'est le Chacal qui me les a apportées. Il les a récoltées sur la route des châteaux avant Quimper. (Qui dira ce qu'il mijote par là ?) Il m'a donné ça aussi, pour toi, Gaël. »

Louis sortit de la poche de son pantalon un couteau rouge qu'il jeta sur la table. Les joues du gamin rougirent elles aussi. Dans un geste lent, il s'empara du couteau et le fourra dans la poche de sa culotte.

On parla d'autre chose.

La table débarrassée, ils se groupèrent devant la cheminée. Angélique, pour faire diversion, leur montra un catalogue de modèles d'irlande de Mme Hardouin. Ils admirèrent les dessins : des papillons, des libellules, des tulipes et des lézards.

« Tu sais faire tout cela ? demanda François admiratif.

– Non ! répondit la jeune fille en riant. Ce sont des motifs qu'il faut assembler sur un fond de tulle ou de filet.

– Décidément, le filet tu y es attachée, lança Ronan pour la taquiner.

– Souvent ce sont d'autres ouvrières qui font ce travail.

– Nous voilà avec une artiste ! s'exclama Louis. C'est ton père qui doit être fier ! » Trop tard. À peine sorties de sa bouche, il aurait voulu ravaler ses paroles. Angélique était trop subtile pour ne pas réagir :

« Pourquoi parles-tu de mon père, Louis ? Tu veux dire : fier depuis le paradis ? »

Le pauvre gaffeur se troubla. Ceux qui étaient au courant n'en croyaient pas leurs oreilles, les autres ne comprenaient rien si ce n'est qu'on nageait en eaux troubles.

Naïk eut le courage et l'intelligence de s'interposer.

« Comment va-t-on s'arranger pour dormir ? La maison “voisine” est glaciale, impossible à quiconque d'y passer la nuit ! »

Maintenant tout le monde se bousculait pour parler.

Louis s'adressa à François : « Nous on va à l'étable, pas de problème, la vache est accueillante.

– Je peux y aller aussi Ma'm ? demanda Gaël d'une voix suppliante.

– Oui mon gars. Finalement nous resterons entre femmes. Je reste avec Naïk et Angélique, les deux filles dans le lit-clos. Pas de rouspétance. Moi je dors comme un enfançon dans le cellier : on vient de rembourrer la paillasse et dans l'édredon il y a les plumes d'une centaine de volailles ! »

Naïk, se doutant que la réflexion au sujet du père n'était pas perdue pour Angélique, fit semblant de dormir sitôt couchée. Celle-ci glissa son minois contre l'oreille de son amie et murmura :

« Naïk, je sais que tu ne dors pas. Qu'est-ce qu'il a voulu dire Louis lorsqu'il a déclaré : “ton père doit être fier” ? J'ai bien constaté votre gêne à vous tous. »

Autant répondre, elle savait son amie tenace. Après tout il fallait bien qu'elle l'apprenne un jour. Dans l'obscurité ce serait plus facile. Elle hésita, c'était plutôt à Corentine de révéler la fréquentation de Marie-Jeanne avec M. Jehan, et peut-être la paternité de celui-ci. Lâchement, elle repoussa l'autre :

« Dors Angélique, je ne comprends pas ce que tu dis. Tes lectures te donnent de l'imagination. »

Pour adoucir son refus de discuter, elle ajouta tendrement :

« Je suis contente que tu sois là, tu sais. Bonne nuit ! »

Puisqu'elle ne pouvait rien obtenir de ce côté-là, Angélique décida de questionner Corentine. Le jour de Noël celle-ci ne mentirait pas, elle ne pourrait se dérober...

L'aide des bénévoles fut suspendue. On avait donné double ration les jours précédents au Fourneau économique, la commune ayant fait un effort ainsi que les gens de Paris.

À l'estaminet, Ronan apprit de la bouche de ceux qui lisaient le journal que de nombreuses associations se mobilisaient à Paris en faveur des côtes bretonnes en détresse : bals, tombolas, kermesses avec bardes chantant des complaintes sur la crise sardinière pour émouvoir et faire prendre conscience du dénuement de ces gens de mer. Ces manifestations lui firent un plaisir mitigé car il eut honte. On en était là...

Après un café arrosé, il se rendit au port, le jour se levant à peine. Les chaloupes en batterie, les filets fantomatiques suspendus aux mâts lui confirmèrent que peu étaient partis en mer. Les mouettes elles-mêmes manquaient à ce décor familier. Gourmandes, elles s'accrochaient d'ordinaire aux chaluts, chapardant sur les casiers, écorchant le tympan de leurs cris perçants.

« Salut Buannic ! Je viens voir si les voiles ne se sont pas envolées. »

Étalées à même le sol de la cale, les deux voiles de leur chaloupe gisaient pour sécher, avec parfois un frémissement dû au vent ainsi que des oiseaux blessés qui cherchaient encore à s'envoler. La veille, Ronan, Buannic et Louis avaient enduit les voiles de cachou à l'aide de lave-ponts pour les imperméabiliser, comme à chaque campagne. Ils n'étaient pas les seuls à envisager ces prochaines pêches. On disait d'eux qu'ils étaient fous, que la mer serait mauvaise...

Buannic haussait les épaules : « Vous pensez que le poisson s'en va fêter l'an neuf ! J'en connais à Lesconil qui ne dorment pas de la nuit à déposer les casiers pour orner les tables des riches d'un homard. Peut-être d'une langouste avec la chance !

– Pourquoi pas sur notre table, hein ? provoqua un matelot.

– J'ai rien contre, renchérit Ronan. On part tous les deux ce soir, si tu es d'accord. Vous prêtez l'annexe patron ?

– Si vous en avez trop, du homard, pensez à moi ! », dit Buannic en rigolant.

Les deux hommes topèrent là. Pari tenu.

La nuit fut longue pour les deux hommes à cause d'un vent qui leur gelait les mains. Ils cherchèrent dans le ciel la position de l'étoile du berger. Elle avait conduit les Mages à travers un désert de sable piqueté de quelques touffes d'une herbe à chameaux et s'était arrêtée au-dessus de Bethléem, blottie parmi les rochers et les palmiers... Ronan se souvenait d'une image ornant la couverture de l'*Histoire sainte*, le seul livre dans lequel il avait appris ses lettres. Il espérait que l'étoile stopperait sa course au-dessus d'un écrin de poissons argentés ou de bêtes à la cuirasse bleue.

Sur la mer sombre, clignotaient comme autant de petites lucioles les lumières de ceux qui pêchaient à la lanterne. Ils descendirent deux casiers et mirent le filet à la traîne. Ils rentrèrent au port, silencieux, attentifs aux écueils enfouis sous cette nappe infinie, semblable à ce sable du désert. Oui, Ronan pouvait comparer les ondulations de la mer au sable du désert.

Sur la huche qui servait aussi de table, Angélique, sur les conseils de Corentine, confectionnait le pain doux avec la blanche farine de froment. « Pétris encore, ma fille, plus tu travailles la pâte, plus elle sera légère ! »

La femme compara ses mains avec celles, aériennes, de la jeune fille.

« Tu as de belles mains de dentellière, profites-en ! Lorsque tu seras mère de famille, elles seront gâtées par les lessives et par les travaux qui incombent à un homme s'il n'est pas marin… Parce qu'avec eux, la mer leur prend tout leur temps, nous les femmes on ne compte que sur nous…

– Je ne veux pas épouser un marin, Corentine. J'aimerais mieux un monsieur de la ville.

– Qui parle bien avec des bonnes manières ? Comme M. Jehan ?

– Justement Corentine, je veux te parler au sujet de M. Jehan. La vérité sera pour moi un cadeau de Noël : est-ce que M. Jehan est mon père ?

– *Ma Doué* ! Qui t'a mis pareille idée dans la tête ?

– Vous me cachez quelque chose, affirma Angélique en plaquant sa boule de pâte sur la table farinée.

– Arrête ton ouvrage et assieds-toi. » Elles se firent face, le visage de la jeune fille tendu, sa respiration courte.

« M. Jehan et ta maman se sont fréquentés. Elle était jeune et jolie ; on travaillait déjà à la conserverie toutes deux. Lui, avec beaucoup d'obstination, dirigeait la fileterie que son père avait démarrée. Ils s'aimaient très fort, on s'attendait à un mariage ; tu penses que ça jasait dans tout Penmarc'h ! Sa famille à lui s'est mise en travers. Son père fâché a menacé de couper les vivres : "Il n'est pas question que tu maries une sardinière !" Ils ont tant fait que le pauvre gars a renoncé et que la Marie-Jeanne se serait bien jetée du haut du phare, de désespoir… »

Angélique ferma les yeux et porta ses mains sur ses oreilles tant lui était insupportable ce qu'elle venait d'entendre.

« Et M. Jehan ? Dis-moi, Corentine, comment a-t-il pu renoncer à son amour ? Il a manqué de courage, c'est affreux… moi qui avais si confiance en lui. »

Elle fondit en larmes.

« Tu te trompes sur lui, ma petite fille. Il a résisté au contraire, mais les autres se sont montrés impitoyables. "Choisis, c'est nous ou cette fille !" Après plein de vilenies, ils ont gagné… »

Corentine ajouta dans un souffle :

« Il n'a jamais cessé de l'aimer et a souffert lorsque ta mère s'est mariée un an plus tard. Le jour de son accident, il est arrivé chez nous comme un fou, s'accusant d'être responsable.

Il répétait : “Si je l’avais épousée, elle n’aurait pas travaillé à l’usine…” Il a toujours veillé sur toi et ton frère. De loin, pour ne pas inquiéter Mme Jehan – qui est au courant, autant que tu le saches. »

La jeune fille prit un air buté.

« Angélique ! Regarde-moi. Tu peux avoir confiance en cet homme-là. Il veut réparer. Tu le blesserais en refusant son aide.

– Et mon père, était-il au courant ?

– Bien sûr ! Il a toujours espéré que ta maman oublierait. Avec votre naissance à vous deux, on a cru qu’elle avait retrouvé la paix, mais lui avait pris l’habitude de boire… Peut-être par découragement, va savoir ! »

Les deux femmes demeurèrent silencieuses, puis Corentine reprit :

« Sa mort sur la grève reste un mystère. Il a emporté son secret avec lui. »

Angélique sauta au cou de Corentine : « Merci de ta franchise, je suis libérée d’un grand poids, tu sais. De savoir Gaël mon demi-frère m’aurait beaucoup peinée. Quant à lui, le pauvre gamin, comment aurait-il pris la chose ? »

Elle secoua la tête pour effacer ces confidences et appuya ses deux mains au bord de la table :

« Ce soir, c'est Noël ! On le cuit, Ma'm, ce pain doux ? »

Elle dit cela en souriant de ses belles dents qui ne demandaient qu'à mordre dans la vie. Alors on fit cuire le pain doux et Ronan déposa sur la table, en entrant, un homard relevé dans son casier, ce qui fit hurler les femmes. Vu la petite taille du crustacé, il avait négocié au vivier une langouste blessée invendable.

Pas question d'évincer à la fois le compagnon de Louis et le fiancé de Naïk de cette fête ! Ils allèrent tous à la messe de minuit à Notre-Dame-de-la-Joie. Considérant la population affaiblie par les privations, le clergé avait décidé de célébrer celle-ci plus tôt que de coutume. Les femmes s'étaient encapuchonnées sous des châles de grosse laine pour maintenir la coiffe contre les assauts du vent, et les hommes retenaient à deux mains leur chapeau à guides, mal à l'aise dans leur costume de fête. Les cantiques réjouirent les cœurs, ainsi que l'adoration de la crèche réconfortante. Flottait dans l'église la senteur de miel dispensée par les bougies de lumière. Naïk pria pour un mariage proche et Angélique, prête à pardonner, embrassa M. Jehan et son épouse à la fin de l'office lorsque les cloches lancèrent un joyeux carillon.

Au cours de la soirée, Corentine remarqua avec quelle insistance François considérait Angélique qu'il avait installée au plus près de l'âtre où flambait la bûche de Noël, sans trop d'éclat toutefois pour la faire durer.

Les sabots de Gaël discrètement placés sur un côté de la cheminée espéraient, à la fin de cette nuit mystérieuse, l'offrande d'une orange enrubannée d'or et d'un petit jésus en sucre.

VI

L'envolée d'Angélique

L'ANNÉE 1903 égrena ses mois sans faits marquants pour la maisonnée de la dune. La crise sardinière ne lâchait pas prise. Parfois, les pêcheurs qui s'obstinaient sur leur chaloupe à lancer le filet reprenaient espoir : elle était revenue ! La conserverie, qui marchait au ralenti avec seulement une trentaine d'ouvriers, faisait retentir la cloche sans déranger les commises devenues inutiles, car les poissons à dos bleu étaient vraiment trop capricieux et la rogue, venue de Norvège, devenue inabordable. Buannic avait fait une tentative pour s'installer avec son équipage à Belle-Île. Ils arrivaient trop tard, devancés par d'autres…

François, s'il fabriquait toujours des casiers, se révéla bon charpentier. Il ne manquait pas d'ouvrage après les dégâts de l'hiver : toitures endommagées, volets arrachés, sans parler des bateaux pour lesquels l'initiait un charpentier confirmé. Ronan avait mis à sa disposition son cheval avec la charrette – preuve de leur grande amitié – pour ses petits chantiers. On le payait la plupart du temps en nature ; il arborait un beau sourire à l'adresse de Corentine lorsqu'il poussait la porte et jetait sur la table un garenne ou un canard sauvage.

Cette année fut le début des relations entre les habitants de la dune et M. et Mme Jehan qui acceptèrent de venir boire chez Corentine une tisane d'eucalyptus ou un lait à la chicorée lorsque M. Jehan s'acquittait au manoir de régler des frais et qu'il amenait la jeune fille pour deux ou trois jours. À l'inverse, ce couple bienveillant avaient reçu Corentine, les deux jeunes filles et Gaël avec débauche de galettes et de chocolat chaud (une merveille !).

Un de ces jours-là, Mme Jehan remit à Angélique son journal *Fémina* de février, tant pour les modèles de couture et d'irlande dont elle savait qu'elle se délecterait que pour une complainte composée par Théodore Botrel sur la situation dramatique de la côte. Angélique parcourut des yeux ce poème et le lut à haute voix sur la proposition de son hôtesse :

« Chez nous, des gâs aux fronts livides,
En proie au désespoir amer,
Tirent leurs filets toujours vides
Et menacent du poing la mer !...

Pendant que vos grandes fillettes,
Laissant frérots et jeunes sœurs,
S'en vont en pimpantes toilettes
Tourner au bras de gais valseurs,
Chez nous, les jeunes sardinières
Bercent au long des nuits sans fin,
Sur leurs genoux les petits frères
Qui disent en pleurant : "J'ai faim !" »

De temps en temps Corentine approuvait du chef et parfois murmurait : « Quelle misère ! » ou « Ça c'est bien vrai ! »

Ils étaient tout émus tant étaient vrais les drames engendrés par cette crise. M. Jehan félicita Angélique pour sa bonne diction et dit : « Il faut qu'il y ait ces temps de malheur pour qu'on s'intéresse à notre région... La ménagère des villes qui achète du poisson est à cent lieues d'imaginer le travail et le risque du pêcheur... »

Au printemps, cet intellectuel qui continuait d'intimider la brave Corentine par ses connaissances, ses manières et son beau parler emmena ces dames en char à bancs pour découvrir le calvaire de Tronoën ainsi que la chapelle. « Vous ne pouvez pas habiter Penmarc'h et ignorer de telles merveilles ! », avait-il déclamé. Mme Jehan, qui connaissait l'endroit par cœur, se désista pour laisser sa place à Gaël. Lorsqu'elle parlait de lui, elle disait toujours : « le petit Gaël ». Justement avant de rejoindre son mari, il avait cassé son crochet aux yeux de toute la famille, comme le voulait la coutume, pour montrer qu'il ne ferait plus de picot puisqu'il se considérait comme un marin. Il préféra accompagner François qui réparait la « chambre » sur une chaloupe.

Louis, à l'annonce de cette escapade, trouva ridicule de perdre son temps à admirer de vieilles pierres. « L'ouvrage ne manque pas à la maison ainsi qu'au jardin où c'est l'époque des plantations ! La flânerie ce n'est pas bon pour les filles qui deviennent paresseuses ! Se balader, c'est pour les citadins ! »

On le laissa râler.

Les femmes s'étonnèrent de la nature du paysage. Si proche de Penmarc'h, Saint-Guénolé dépassé, la terre avait une autre couleur… Le sable des plages perdues à se confondre avec le ciel, tel un manteau, blanchissait la campagne. La pointe de la Torche, hérissée de rocs, forçait l'océan à la manière d'un bélier, faisant jaillir des vagues hautes comme des maisons. Cette violence évaporait dans l'atmosphère un brouillard laiteux qui mouillait le visage. Aux alentours du calvaire broutaient des moutons. On n'en voyait guère à la pointe Saint-Pierre. Qu'auraient-ils mangé les pauvres ! Les arbres, sous la brûlure du vent et du sel, avaient laissé la place à des haies contre lesquelles ils venaient se gratter. D'immenses étendues de prairies ponctuées de coquelicots rejoignaient en douce inclinaison les dunes bleutées courtisées par l'océan.

Seul pointait le clocher sur un ciel sans nuages.

Corentine se signa devant le calvaire. Elle était médusée, les yeux à hauteur du soubassement.

« Commençons par ici, mesdames, conseilla M. Jehan. C'est un récit complet de l'Évangile creusé dans le granit qui se déroule devant vous. À l'inverse des autres calvaires bretons, on ne connaît ni la date (environ 1460 ?) ni le nom du sculpteur. Je devrais dire "des", car les scènes sont réalisées par plusieurs tailleurs de pierre. Le commanditaire est sans doute un riche armateur de Penmarc'h du temps de son opulence ; pourquoi pas les moines-soldats, les hospitaliers de Saint-Jean chassés de Palestine ? » Il ne s'aperçut pas que les femmes ne l'écoutaient plus, contournant l'édifice avec lenteur. Corentine, dans un silence respectueux, Naïk et Angélique pépiant comme des oiseaux. Parfois elles riaient, rendant perplexe M. Jehan qui s'approcha pour connaître la cause de leur hilarité. Angélique le questionna :

« Mettez-nous d'accord M. Jehan, là, c'est un loup ou un chien ?

– Il est un peu rongé par l'air salin mais d'après l'histoire biblique il s'agit d'un agneau », répondit-il en souriant.

Et les jeunes de s'esclaffer :

« C'est beau la jeunesse, n'est-ce pas Corentine ? »

Dans la chapelle, ce fut la table de l'autel d'un seul bloc de granit qui les intrigua.

« Comment a-t-elle pu passer par la porte ? questionna Naïk intriguée.

– On a dû construire la chapelle autour », suggéra son amie.

Corentine, rendue muette par tant de belles choses, décréta :

« On a descendu cette pierre avant la construction de la toiture. »

M. Jehan croisa le regard des jeunes filles, chacun doutant de cette nouvelle version. Elles se firent un jeu de reconnaître les saints de bois polychrome grâce à leurs attributs évoquant leur martyre, ce qui leur fit pousser des cris d'horreur. Corentine les rappela à l'ordre : « Vous pourriez réciter une petite prière au lieu de faire les sottes ! » Elles reprirent leur sérieux et se regardèrent en se devinant. Bien sûr, Naïk allait demander la reprise de la conserverie pour activer son mariage. Angélique espérait fortement sa maman au paradis, et la réussite de son ambition : devenir une dentellière renommée...

Malgré quelques dissipations, cette visite les avait fort émues. Pour le retour, Corentine céda sa place à Angélique. « Monte à côté de M. Jehan. Je sais que tu nous quittes ce soir, ma belle... Profite bien du paysage. » C'était gentil. Angélique fut triste soudain, comme avertie qu'elle ne reverrait pas de sitôt ce spectacle grandiose.

Ce fut François qui leur ouvrit la porte. Puisqu'il pouvait disposer de l'attelage de Ronan, il décida de reconduire lui-même Angélique au manoir sous le prétexte de voir par lui-même le cadre où vivait la jeune fille, et peut-être la comtesse... M. Jehan n'apprécia pas tellement d'être limogé.

Les deux filles s'étreignirent, Gaël se sauva en courant pour cacher ses larmes. Quant à Corentine, elle brusqua les adieux dans la honte de montrer sa faiblesse et fourra un paquet de friandises dans le baluchon de sa protégée.

C'était sans doute la première fois que les deux jeunes gens se trouvaient en tête en tête. Il la questionna sur sa vie de pensionnaire : pourquoi continuait-elle à être ainsi recluse ? Angélique prit la parole avec plaisir, haussant la voix pour couvrir le claquement des sabots du cheval et le ferraillement de la charrette. Aussi pour éviter un glissement de la conversation car il était évident que François était amoureux... Elle lui imposait avec persistance ce vouvoiement ridicule qui élevait une barrière entre eux.

« Si nous avons la chance d'être reçus par Mme de Kéradec, vous serez surpris par son autorité. J'ai eu du mal à m'habituer, avec toujours l'impression d'être réprimandée. À la bien connaître, on perçoit chez elle une grande bonté et de la patience envers les petites filles isolées de leur famille.

– Vous ne parlez pas de son mari ?

– S'il gère bien son domaine et ses dépenses, il ne fait rien d'autre.

– Rien ? Avec une femme si active ? »

La question la fit rire :

« Il passe des heures dans la tour, occupé à ses inventions. Philomène m'a un jour confié qu'il travaillait depuis des mois sur une machine pour fabriquer la dentelle mécanique ! Sous le nez de son épouse qui s'évertue à nous enseigner l'irlande fine qui fait fureur à Paris ! Philomène a ajouté que tous ces bricolages ne menaient à rien. Il est présent parmi nous à l'heure des repas, et mon Dieu… il est étourdi mais charmant, et nous fait rire.

– Vous auriez pu rester au pays à faire le picot à domicile comme tant d'autres ? La mercière vous vend le fil et les revendeuses se chargent de placer les ouvrages !

– Ces pauvres femmes se font tondre la laine sur le dos. M. Jehan dit qu'elles se font “exploiter”. Travailler des heures à s'user les yeux pour quelques sous par jour ! Non, François, nos ouvrages méritent plus de considération…

– Vous avez raison, à y bien réfléchir. Mais où avez-vous appris ces mots qu'on ne parle pas chez nous ?

– Dans les livres. Ce sont les auteurs qui m'apprennent à parler et à réfléchir – bien que je dise encore bien des bêtises… –, mais plus je lis, plus je me sais ignorante.

– Une femme, pour être une bonne épouse, n'a pas besoin d'être savante !

– Vous parlez comme Louis… »

Elle se tut, devenant songeuse. Ils traversaient Pont-l'Abbé, croisant de lourds charrois en direction du port. Les dernières maisons dépassées, elle reprit :

« Moi j'ai eu la chance d'apprendre le français puisqu'à l'école on nous a confisqué le breton comme s'il s'agissait d'une langue honteuse… Corentine et toutes les femmes de cette génération ont beaucoup souffert de cette loi inhumaine. Ne plus se comprendre avec ses enfants, dans sa propre famille ! Jusqu'aux prêches en breton interdits dans les églises.

– Pourquoi dites-vous "les femmes" ?

– Parce que les marins qui voyageaient beaucoup étaient souvent bilingues. C'est votre cas, non ?

– C'est mon cas. Mais j'aime mieux vous écouter que de parler moi-même. Je dirais des sottises, par exemple que vous me plaisez beaucoup… »

Elle n'eut pas le loisir de répondre car ils étaient arrivés devant la propriété. À la grille, François tira sur la bride du cheval pour le ralentir dans son élan. Celle-ci était fermée, mais le jardinier occupé à ratisser l'allée, reconnaissant la pensionnaire, vint les accueillir s'aidant de son râteau devenu bâton de pèlerin :

« Vous v'là mam'zelle ? La cloche a déjà sonné pour la soupe ! »

François renonça à rencontrer la comtesse ; ce serait pour une autre fois.

« Vous allez vous faire gronder, lui dit-il gentiment.

– Sans doute, répondit-elle en ramenant les lacets de sa coiffe qui s'étaient évadés. Philomène saura distraire les patrons avec le service pour que je passe inaperçue. Elle m'aime bien.

– Moi aussi Angélique, je vous aime bien », prononça-t-il dans un souffle. Il l'embrassa brusquement sur les deux joues rosies par la course contre le vent, claqua son fouet pour faire demi-tour pendant qu'elle s'éloignait en courant vers sa « cage aux oiseaux ».

Quelle chance ! Lorsque Angélique pénétra sur la pointe des pieds dans la salle à manger, Mme de Kéradec récitait le bénédicité et toutes les fillettes à son exemple fermaient les yeux. Elle se glissa à sa place, et Philomène de connivence fit tant d'agitations et de moulinets que son arrivée passa inaperçue. Ainsi le pensa-t-elle car la comtesse s'adressant à elle lui dit :

« Puisque vous avez pris votre congé jusqu'à la dernière minute et que vous arrivez en retard, vous viendrez au salon après le souper. J'aurai à vous entretenir. »

La soupe de légumes et la bouillie avalées, Angélique jeta sur la table son paquet de friandises et dit à la cantonade : « À vous partager, mesdemoiselles ! »

Le salon, elle le connaissait. Cela remontait à sa première visite accompagnée de M. Jehan aussi impressionné qu'elle-même. Du temps avait passé, mis à profit dans l'étude de la dentelle. La comtesse la pria de s'asseoir à ses côtés sur le canapé. Avec son corsage montant qui lui faisait un col de cygne, sa taille emprisonnée dans une robe de taffetas noire, elle évoquait une liane, fluide, sinueuse. Ses cheveux coupés et crantés, à la mode de Paris, lui faisaient une tête de poupée. D'une main blanche qui dépassait à peine d'un poignet serré, Mme de Kéradec saisit un magazine : *L'Illustration*, et désigna une gravure représentant une élégante à l'ombrelle dans un décor de faux jardin. Angélique réprima une envie de rire en voyant le chapeau gigantesque surmonté d'un bouillonnement de plumes d'autruche et d'aigrette.

« Vous faites du bel ouvrage, Angélique, c'est pourquoi je mise beaucoup sur vous. Je me suis habillée un peu moi-même au goût du jour mais reste très classique. Entendez bien, j'apprécie toujours le costume bigouden et ceux des différentes régions de Bretagne, et j'espère qu'ils continueront à embellir nos femmes. Hélas, à Pont-l'Abbé, on voit déjà quelques hommes en costume de ville… Vous n'avez pas idée, ma chère petite, de l'ampleur de l'engouement pour notre guipure ! La dentelle se porte en manchettes, en col, en châle, pour les élégantes de la haute société. Et je ne parle pas des sous-vêtements…, dit-elle en baissant la voix. Ces dames changent de toilette pour aller aux courses, à l'opéra et se promener au bois ! »

Angélique ouvrait de grands yeux devant ce monde qu'elle ignorait. Ainsi ces dames de Paris passaient leur temps à s'amuser ! Du coup elle ne pensa plus à la dentelle, et l'image de Naïk, Corentine, Marie-Jeanne et toutes les *penn sardin* s'éreintant à l'usine s'imposa dans sa tête.

Mme de Kéradec chassa vite sa distraction. Elle reprit, en détachant ses mots pour être bien comprise : « Aujourd'hui la dentelle ne sert plus uniquement à orner vêtements et accessoires, elle en-va-hit la maison… »

Là, Angélique fronça les sourcils, voyant des monceaux de guipure gisant sur les parquets, envahissant les canapés. « Nous parlons des rideaux, des draps, des nappes… ! » La comtesse s'exaltait et la jeune fille aurait aimé endiguer cet enthousiasme, pressentant qu'au bout du discours on lui attribuerait un rôle.

Effectivement, la comtesse changea de ton et prit dans ses mains celles de la jeune fille :

« Vous avez devant vous une carrière en or, à la condition que vous me fassiez confiance. Il n'est plus question du picot piqué. Il faut apprendre les incrustations de guipure sur tissu et sur filet. Les modèles ont évolué. Vous possédez parfaitement ces motifs typiques du picot bigouden. Sans renoncer à l'art celtique : le rouet, la chaîne de vie, la clochette, la pâquerette… que sais-je ? L'Art nouveau va vous faire découvrir l'iris, la tulipe, sans oublier les papillons, les lézards et les reptiles ! Qu'en pensez-vous ? »

Angélique avait l'impression que toute cette faune cavalait dans ses cheveux. Elle murmura : « Je ferai de mon mieux, madame…

– Une monitrice viendra vous initier, n'ayez crainte. Nous avons pris du retard, vous serez dispensée de ménage et de cuisine ; il faut préserver vos mains, elles sont votre capital ! »

La jeune fille regarda ses mains qu'elle dégagea de celles de la comtesse. De nouveau elle pensa à celles de sa chère Naïk, combien de fois blessées, brûlées, attaquées par le sel. Les siennes n'étaient pas encore des mains de princesse, mais... elle y parviendrait.

Enfin, la comtesse arriva au fait :

« Au printemps s'ouvrira une exposition au musée Galliera à Paris. Nous aurons l'honneur d'y exposer nos dentelles. Vous avez quelques mois pour nous sortir des chefs-d'œuvre ! Je sais que vous avez de l'imagination, vous pourriez créer des modèles comme ceux que nous recevons d'Irlande ou des grands magasins parisiens. D'ailleurs les fabricants de fil sont malins : une bobine égale un modèle. »

La comtesse semblait avoir terminé. Elle se leva pour reconduire son élève et saisit au passage une étole alanguie sur le dossier d'un fauteuil. « Avez-vous imaginé pareille audace ? Marier de la fourrure à de la dentelle ! Vous admirerez de vos yeux lorsque vous serez à Paris ! Bonne nuit, chère petite. »

Lorsqu'elle pénétra dans la chambrée, quatre paires d'yeux l'interrogèrent de par-dessus les draps de toile. Les petites dentellières voulaient savoir. La comtesse n'ayant pas exigé le secret, pourquoi les décevrait-elle ? Elle lança : « Je vais apprendre un nouveau travail !

– Tu vas gagner des sous ?

– Tu ne feras plus de crochet ?

– Tu vas broder à l'aiguille ? »

Les questions pleuvaient. Angélique dit simplement : « Je vais incruster de nouveaux motifs à la mode de Paris.

– De Paris ? Mais notre travail, il part à Pont-l'Abbé. C'est la comtesse qui l'a dit…

– Crois-tu qu'il s'arrête là ? s'exclama la jeune fille amusée par tant de candeur. Les belles choses que tu fais habillent les belles dames jusqu'aux Amériques ! »

Cette réflexion déclencha des exclamations et des jubilations, stoppées par Philomène qui donna des coups dans la porte. « Il faut dormir, les enfants, sinon vous aurez les petits yeux demain matin. » La « souris » s'éloigna.

« Quelle journée ! », pensa Angélique en se cachant sous l'édredon : une déclaration d'amour de François et le vaste projet de Mme de Kéradec !

Le parc avait revêtu ses couleurs d'été. Le jardinier, amoureux des fleurs, avait soigné ses hortensias dont la hauteur le dépassait. Les pierres grises de la façade du manoir disparaissaient à sa base sous d'énormes bouquets d'un bleu vif encore épargnés par l'ardeur du soleil. Les rosiers surtout retenaient son attention. Des polyanthas d'un rouge ardent ponctuaient la grande allée au bord d'une pelouse si verte que le contraste éblouissait le regard.

Depuis juin, les jeunes filles brodaient sous la pergola couverte en partie d'un chèvrefeuille au parfum délicat. Certaines buvaient à « pleins yeux » la lumière, installées sur des bancs, les pieds nus reposant sur des tabourets de poupée. Pour elles, le jardinier ne se lassait pas de ratisser les petits cailloux dérangés.

Lors de sa visite, M. Jehan s'exclama à l'adresse de la comtesse qui avait cessé de l'impressionner : « Quel spectacle charmant cette école de plein air ! Vos ouvrières sont autant de petites abeilles parmi les fleurs ! »

Mme de Kéradec fut ravie de l'expression. Angélique eut la permission d'abandonner son ouvrage et se précipita dans les bras ouverts de son bienfaiteur.

« Vous pouvez faire une promenade dans le parc », dit la comtesse avec mansuétude, mais elle ajouta : « Toutefois ramenez-la dans une demi-heure ! »

Ils s'éloignèrent dans l'ombre tamisée des grands arbres. « Qu'elle est jolie avec ces taches de soleil sur le visage… Elle ressemble tant à sa mère !… », pensa M. Jehan.

« Parlez-moi de mon petit Gaël et de tous ceux de la presqu'île.

– Chère petite, une demi-heure n'y suffirait pas. En ce moment votre frère accompagne Louis et François sur la grève ; ils transportent le goémon séché sur des civières et ils le brûlent dans les fosses entourées de pierres. Gaël a eu la fierté d'amasser les galets en ménageant des espaces pour que l'air circule. Mais vous avez déjà assisté à ce travail ?

– Non. Je ne faisais pas attention.

– Dommage ! C'est un spectacle magnifique de voir tous ces feux allumés sur la grève ! C'est un travail dur, de plus la fumée de l'iode pique les yeux.

– Continuez M. Jehan !

– Vous voyez que cela vous intéresse. Le feu éteint et refroidi, les gaillards cassent le résidu solide comme la pierre et le portent à l'usine en face du phare pour faire des pains de soude. Enfin quelque argent…

– Et les femmes, à qui je pense souvent ?

– Naïk s'est fait embaucher de nouveau à la conserverie. Celle-ci tourne au ralenti. Après les sprats, voilà les sardines qui refont leur apparition. Mais… on ne peut pas compter sur elles. Buannic se désole et les privations sur la côte continuent. Hélas ! Quant à Corentine – qui vous embrasse – et les femmes qui n'ont pas eu la chance d'être embauchées, elles cueillent le lichen sur les rochers. Après l'avoir séché au soleil, elles le portent à la fabrique de gélatine. Vous voyez, tout le monde s'active.

– Et vous M. Jehan ?

– À la fileterie je n'aurais que le ramendage à vous proposer puisque nos filets sont tissés mécaniquement. En ce moment nous avons une demande de filets à grosses mailles puisqu'« ils » envisagent la pêche au thon !

– Je ne me vois plus travailler aux filets ! s'esclaffa Angélique. Oh, pardon, je vous fais de la peine ? Il vient de sortir une loi qui obligera les écoles primaires à enseigner la dentelle aux petites filles. Pour une fois, c'est moi qui vous apprends quelque chose !

– Chère Angélique, nous allons nous quitter. Il ne faut pas abuser de notre permission, mais je ne partirai pas sans savoir si vous êtes toujours heureuse dans ce manoir ?

– Vous avez eu raison de me placer ici, je ne vous remercierai jamais assez... Écoutez bien : j'irai à Paris au printemps prochain pour présenter “mes” nouveautés. Maman serait si contente. »

Le visage de M. Jehan s'assombrit à l'évocation de Marie-Jeanne.

« Vous n'allez pas un peu trop vite ? Il faudra revoir les conditions : vous étiez une apprentie, bientôt vous créerez des modèles… Paris ! Si j'annonce cela à François, il va en être malade. Il parle de vous sans cesse.

– Alors ne lui dites rien.

– Amoureux comme il est, il ne faut pas lui donner d'illusions, chère petite.

– Dites-lui bonjour.

– Vous avez la beauté pour vous, mais n'auriez-vous pas de cœur ? »

Elle ne répondit pas et le regarda partir.

La chaleur de cette fin d'été engourdissait les abeilles qui ne courtisaient plus la sauge et le chèvrefeuille. Le chien de garde haletait sans avoir bougé et les tourterelles se mussaient dans les taillis du parc en quête de fraîcheur. Quant aux petites dentellières, elles brodaient à l'ombre du manoir, se déplaçant au rythme du cadran solaire.

C'était un samedi. Le jour où les « grandes » avaient permission d'aider Philomène à la cuisine pour confectionner des gâteaux et les « petites » le plaisir retrouvé de jouer à la poupée. Angélique, ravie de disposer pour elle seule de la longue table, s'essayait à recopier, sous l'œil attentif de la comtesse, des motifs du catalogue offert par les cotons D.M.C.

Passant par hasard dans l'atelier, M. de Kéradec avait observé la pensionnaire et compris son embarras. Il s'était éclipsé et était revenu avec du calque. « Si vous le permettez, vous devriez vous y prendre de cette façon. » Son talent de dessinateur aidant, il avait expliqué comment assembler les motifs sur papier ou sur toile cirée. La comtesse, habituée plutôt au mutisme de son mari ou à ses plaisanteries puériles, l'avait regardé avec considération. Voilà qu'il devenait sérieux au lieu de s'adonner à ses inventions ridicules et inutiles ! Elle s'adressa à Angélique : « Dans l'attente de la monitrice, vous pourriez suivre les conseils de M. de Kéradec. L'ennui, c'est le manque de place lorsque les élèves occupent l'atelier... Pourquoi ne pas vous installer tous deux dans la tour ? » C'est ainsi qu'Angélique, sous les auspices de M. le comte, s'était passionnée sans ménagement pour ce nouveau travail au point d'en perdre la santé.

Il fut décidé qu'Angélique, après un malaise, irait quelque temps respirer l'air marin de son pays bien-aimé.

Lorsque M. Jehan vint chercher la jeune fille, il fut très contrarié de voir le joli minois fané par la fatigue. « Ne vous inquiétez pas, le vent du large me rendra vite mes couleurs. Il faisait si chaud dans la tour où je travaillais ! Aussi étouffant que dans le pigeonnier où les œufs éclosent sitôt pondus ! » Elle rit de bon cœur, ce qui eut pour effet de gommer les traits regrettables.

« Mme Jehan est fort inquiète de votre santé... Si vous le désirez, elle prendrait bien soin de vous, avec la permission de votre parentèle bien entendu.

– Vous n'y pensez pas ! Je remercie votre dame pour sa générosité mais la revoyure des miens suffira à me rétablir. Je suis robuste, vous savez, comme toutes les Bigoudènes ! »

Elle n'aurait pas imaginé tant d'émotion en heurtant la porte de la chaumière. Corentine la serra dans ses bras comme elle l'avait fait au retour de François. Gaël lui tirait sur sa jupe pour sa part de baisers. Elle se jugea égoïste envers lui, ce jeune frère orphelin dont elle se souciait moins que sa dentelle. Elle lui ferait raconter sa vie de mousse. N'était-il pas fatigué lui aussi ? Il poussait tout seul comme une graminée. Les autres étaient absents, Corentine s'en expliqua : « Ils sont à la parcelle. Tu as dû les apercevoir de la route, c'est l'arrachage des pommes de terre, ma belle, tu as déjà oublié ? Ils laisseront les sacs sur place, on a jamais vu un voleur de patates par ici. Pourtant cela vaut de l'or par ces temps de chiendent ! Qu'est-ce qu'on ferait sans le cheval de Ronan ! »

La femme s'excusa de tant parler alors que la « petite » était encore debout. « C'est chez toi ici, mets-toi à l'aise. Naïk va bientôt rentrer, écoute la cloche de la friterie… À c't'heure il n'y a plus de bateau à la traîne, ils bricolent seulement là-haut. » Cette réflexion fit mal à Angélique. Sa mère avait eu un accident à une période où il y avait des arrivages incessants de sardines dans une agitation perpétuelle. Maintenant, dans cette morne activité, sa chère maman aurait pu travailler sans la fébrilité qui l'avait tuée… « Je vais dire bonjour à ma maison, Corentine ! jeta-t-elle.

– Je veux aller avec toi, dit Gaël d'une voix suppliante.

– Ronan nous prête le cheval et tu as promis de hacher de l'ajonc pour le nourrir ! », lui répliqua sa sœur.

Avec obéissance, le gosse alla dans la crèche sans rouspéter, bien qu'il eût préféré accompagner sa sœur. Il connaissait la manœuvre : enfourner une brassée d'ajonc dans la gueule de la broyeuse et tourner la manivelle au rythme d'une comptine apprise à l'école de Mme Lebec. Le crépitement des fagots pilés le consola ; il aimait ce bruit, et en plus il faisait plaisir à Ronan.

Un froid enveloppa Angélique dès qu'elle pénétra dans sa maison. Une odeur d'humidité la frappa au visage. Elle semblait nimber les murs, s'exhaler du lit-clos dont elle eut peur d'ouvrir les portes. On avait arrêté les aiguilles de la pendule le soir du décès et le morceau de miroir suspendu au-dessus de la pierre d'évier cachait encore son reflet derrière un chiffon noir.

Depuis ce jour funeste, elle était pourtant revenue afin de prendre quelques effets. La chaumière alors vibrait encore d'une chanson de la mère, du rire de l'enfant, et elle apercevait leurs ombres se profiler sur le mur sous l'effet des flammes de l'âtre.

Elle ouvrit la porte qui séparait cette pièce familiale du cellier. On l'appelait « la petite chambre ». Une paillasse d'avoine portait encore en son milieu l'affalement du corps de Gaël. S'ajouta à son effroi le passage d'une petite souris. Angélique quitta dans la hâte la maison qu'elle se promit de ne plus habiter. Jamais ! À la veillée, elle ne dit mot de sa décision.

Le lendemain, on attela le cheval. C'était un sacré animal ! Un bidet breton peu exigeant, capable de promener le char à bancs ou de s'escrimer à tirer la charrue.

La terre cultivable n'étant qu'à deux kilomètres de la côte, ils atteignirent la parcelle le temps pour le cheval de dilater ses naseaux à l'air vif du petit matin et à François de glisser un mouchoir dans le col de sa chemise. Louis aida Corentine à descendre ; solide elle n'avait besoin de personne pour emplir les seaux à la fontaine ou bourrer une paillasse, mais qu'il était loin le temps des laridés et des gavottes infatigables !

La terre fraîchement travaillée à la houe exhalait une odeur de promesse. De loin en loin, on apercevait des silhouettes s'affairant à lier les sacs de pommes de terre ou à fouiller à la main ce que l'outil avait oublié. Les femmes ne portaient pas leur coiffe à cause de la poussière, seulement le peigne rond et le bonnet de cheveux[1]. Gaël, que Buannic avait libéré ce jour, amassait dans un panier les tubercules blessés qu'on utiliserait en premier : la grenaille pour les cochons.

1. *En breton :* koef bleo.

Il ne fallut pas longtemps à François et à Louis pour accoler les uns aux autres sur le plateau de la charrette les sacs destinés à la vente. Ils laissèrent sur place Corentine et le gosse qu'ils récupéreraient à leur retour. Quelle activité au port de Pont-l'Abbé ! François, qui connaissait mieux le trafic maritime que les tractations de la pomme de terre, fut étonné de la rapidité du négoce, mais il fut frappé de stupeur en voyant des femmes transportant des sacs sur leur dos jusqu'aux bateaux. « Depuis quand les femmes travaillent-elles ici comme des forçats ? demanda-t-il à Louis.

– Depuis que les conserveries les ont mises au chômage ! Elles ont pris la profession de dockers par nécessité. Ce sont des femmes courageuses nos Bigoudènes ! Tout ça... c'est la faute de la sardine. »

Avant de regagner Penmarc'h à vide, les deux hommes firent le plein à l'estaminet face au château. Ils s'offrirent un *lambig* qui eut pour effet de rendre François rêveur. Sa sœur Naïk et sa chère Angélique auraient-elles pour destin d'être un jour portefaix ? Il ne pouvait se douter qu'à l'heure présente ces demoiselles, face à l'océan, se faisaient des confidences perçues seulement par les goélands et les mouettes rieuses...

VII

La côte en deuil

LES DEUX AMIES s'étaient assises sur un rocher, les pieds posés sur le sable mouillé à l'heure du jusant. L'épaisseur de leur jupe empêchait de sentir la présence des berniques « calcairisées » sur le granit. En ces derniers jours de septembre, elles profitaient d'un air marin chargé de l'odeur des algues. Certaines, épargnées par le flux, noircies, recroquevillées, évoquaient des squelettes d'oiseaux, tandis que les laminaires – rubans rouges visqueux – ondoyaient aux caprices de l'écume.

Elles ne résistèrent pas à l'envie de tremper leurs pieds pour jouer avec cette mousse blanche, comme au temps de l'enfance. « Si Corentine nous voyait, elle dirait que nous imitons les "étrangers" et nous traiterait de "fous de Bassan" !

– C'est bon de ne pas travailler ! cria Naïk pour couvrir le cri des mouettes acharnées, à coups de bec, sur un crabe vert. Va comprendre, certains jours je suis contente d'entendre la cloche de la conserverie ; je retrouve les copines, on chante et on se moque de la commise… Et puis j'aperçois Ronan, quand la pêche a donné…

– Tu as bon caractère, je t'envie.

– Si tu t'imagines que je n'ai pas de soucis ! Ne le répète pas, mais Ronan s'impatiente, il devient de plus en plus entreprenant. Pourtant, il faut attendre le printemps. Avec la crise, les cloches de l'église Saint-Nonna sonnent plus souvent le glas que le carillon des noces !

– Voilà une bonne nouvelle ! », s'exclama Angélique en montrant sa joie.

Une vaguelette leur éclaboussant la robe, elles remontèrent la grève en riant et ramassèrent leurs sabots qu'elles tinrent à la main.

« Tu habiteras avec Ronan dans sa maison ?

– Sans doute. C'est la place d'une épouse, non ?

– J'ai pris une décision : je n'habiterai plus jamais ma maison sur la dune !

– La maison "voisine", comme disaient nos parents. Comment peux-tu décider ça aujourd'hui ? Il faut voir venir, Angélique.

– La mort y fait des dégâts. L'autre jour j'ai vu des signes et les ombres ne sont pas bienveillantes. »

Naïk la laissa continuer :

« Une fois mariée, si tu le veux, tu pourras y vivre avec Ronan près de tes parents. Si Gaël un jour se marie… »

Naïk éclata de rire : « Gaël ! J'aurai le temps de faire cinq petiots ! Mais toi, sérieusement, tu sais que François n'attend qu'un signe de toi. Il se désespère…

– Ta vie est ici, Naïk. Moi j'aime ce pays, la presqu'île du bout du monde, mais je me sens appelée "ailleurs". Tu comprends ? Quant à François, je l'aime beaucoup, il est plein de qualités et je ne le mérite pas. J'aurais aimé être ta belle-sœur, Naïk, mais tu comptes déjà tant pour moi. »

Les deux jeunes filles regardaient vers le large, aussi Angélique ne vit-elle pas les larmes de son amie.

« Tu dois parler à François dès ce soir. Il en perd le manger, le pauvre. »

Quelques bateaux rentraient, ils avaient remis la voile. Elles reconnaissaient les étendards bleus se dirigeant vers Audierne et les ailes noires au loin, caractéristiques de Douarnenez.

« Celui-là, à quelques encablures des Étocs, c'est la voile orange de Buannic ! s'exclama Naïk en pointant son doigt vers un point dans l'espace.

– Ton Ronan est à bord, il paraît si petit sur cette immensité, alors que votre amour est grand comme un arc-en-ciel… »

Corentine, contrariée par l'absence des deux filles qu'elle comptait trouver à la maison, se dérida lorsque Louis étala sur la table le produit de la vente. Il riait bêtement. François lui donna un coup de coude dans les côtes qu'il voulut discret, mais la femme connaissant son loustic comprit que le pécule avait été écorné sur un comptoir. Elle ne dit pourtant rien bien qu'elle soit la patronne comme toutes les femmes d'hommes en mer. Content d'échapper à l'algarade, Louis se proposa pour préparer un feu dehors, afin de griller les maquereaux dont on se régalerait au souper. Avec la force d'un lutteur de foire, il souleva l'énorme chaudron dans lequel on teignait les voiles et coinça une grille entre des pierres. François glissa un fagot d'ajonc. Ce fut le rire d'Angélique qui l'informa du retour des deux amies. Elles n'avaient pas rechaussé leurs sabots et sautillaient de place en place pour éviter les chardons. Ce rire lui fit mal. Il en avait assez de souffrir. Maintenant qu'il n'avait plus les sueurs de l'enfer du terre-neuvas, voilà qu'il se faisait ronger les sangs pour l'amour de cette beauté du diable !

Profitant pleinement de sa journée de congé, Gaël avait égayé ses pas jusqu'aux abords du phare, là où il savait retrouver ses jeunes copains. Ils se chamaillaient à comparer la longueur de leur picot et ne virent pas leur idole sauter de rocher en rocher pour les dénicher.

« Gaël ! interpella un petit marmot à la tignasse cuivrée comme certains lichens. Tu vas nous dire qui c'est qui a fait le plus grand bout.

– Tout dépend… si j'mesure comme la mercière qui vous paie votre boulot en "ratatinant" l'entre-deux ou bien en tirant dessus comme vous le faites, sacrés coquins, pour gagner quelques sous de plus ! Allez, je vous laisse à votre crochet. *Kenavo* ! »

Gaël s'éloigna en enjambant des rochers prestement à la manière d'un cabri. Avant de quitter la grève, il ramassa quelques bigorneaux qu'il mit dans son béret – geste désapprouvé par Corentine qui expliquerait pour la centième fois qu'un béret n'était pas un panier rond pour la godaille !

Ils étaient tous dehors à regarder griller les maquereaux. Un vent s'était levé qui rabattait la fumée et faisait vaciller le feu. Septembre – le mois de la paille blanche – se mourait, et ils savaient tous qu'il faudrait s'apprêter à combattre l'hiver. Angélique frissonna, déshabituée des caprices de la marée. Elle entra dans la maison et enfila des chaussettes sur ses pieds froids. Ce fut pour François l'occasion de voir la jeune fille seule et parler de ce qui l'étouffait. Il la suivit.

« Tu pars demain, Angélique. La tristesse va envahir toute la maison… »

Il lui prit la main alors qu'elle se disposait à sortir, un châle sur les épaules.

« C'était prévu, François. J'ai du travail là-bas et suis bien heureuse que l'on me permette de m'absenter pour venir vous voir.

– Tu ne me comprends pas. Ma vie s'arrête lorsque je ne te vois plus. Je t'aime tant ! Donne-moi le courage de supporter la séparation en me permettant d'espérer qu'un jour… tu m'aimeras.

– Il ne manque pas de jolies filles à Penmarc'h, à Tréoultré, à Saint-Guénolé, à Kérity ! Pourquoi moi ? Je t'aime comme un frère François », lui dit-elle pour couper court en dégageant son bras pour passer la porte.

Il resta seul, atterré, sans espoir.

« Oui, c'est cela. Comme un frère », murmura-t-il.

Corentine voyant revenir Angélique les mains vides s'exclama : « Tu ne nous apportes pas un plat pour les poissons ? »

Il était bien question de poissons !

Au cours du souper, chacun s'absorbait à écraser dans son écuelle des pommes de terre bouillies dans du lait. On n'avait pas encore pris l'habitude d'allumer chaque soir la cheminée afin d'économiser le bois. Quelqu'un se plaignit du froid. Louis suggéra de démanteler les vieilles barques croupissant au cimetière de bateaux.

« Tu es fou, ma parole ! lança Corentine. Toucher aux bateaux qui finissent leur vie dans l'eau comme ils l'ont commencée… C'est du vol et un sacrilège ! Pourquoi pas déterrer nos anciens…

– Le Chacal a moins de scrupules, se défendit Louis. Je l'ai vu, de mes propres yeux, charger sa charrette de planches qu'il arrachait à un vieux rafiot. Il va vendre ce bois, c'est sûr, ou le brûler pour son compte. Il fait feu de tout bois ! »

Réjoui de son bon mot, il se mit à rigoler. Corentine haussa les épaules et le silence se rétablit.

Pourquoi choisit-il ce moment-là ? François annonça, d'une voix pleine de fermeté qui ne lui était pas habituelle : « J'ai décidé de reprendre la mer. Les terre-neuvas ont besoin d'hommes et ici je suis inutile. »

Ils se regardèrent tous, interdits. La mère s'exclama :

« Qu'est-ce qui te prend ? Tu deviens fou comme ton père ?

– Je ne reviendrai pas sur ma décision. Je vous souhaite le bonsoir ; demain je me lève tôt pour m'inscrire à Saint-Malo. »

Il sortit. Chacun supposa qu'il gagnait sa paillasse dans la crèche à deux pas de la vache qui ne le contrarierait pas.

Deux seules personnes comprirent le pourquoi du geste : Angélique la responsable de cette réaction suicidaire et Naïk la confidente.

« Dis quelque chose, Louis », supplia sa femme.

Il baissa la tête en fixant son écuelle.

« Il t'a parlé ? Vous me cachez la vérité », supplia-t-elle, les traits marqués par la douleur. La pauvre mère s'était levée, suspicieuse, son regard allant de l'un à l'autre.

Courageux, ce fut Gaël qui avança d'une petite voix :

« Il m'a dit que la mer, il l'avait prise en horreur. Et il ajoutait : "Je ne sais pas comment tu peux faire pour supporter des heures entières "ta" pêche à la sardine !" »

C'était décidément une fille avec du cran, Angélique. Elle s'accusa :

« Ne cherchez pas. C'est à cause de moi. Je viens de lui faire comprendre que je ne serai jamais sa femme. »

Louis tritura des miettes de pain, le garçonnet ouvrit des yeux ronds. Quant à Corentine, elle explosa :

« Tu as fait du beau travail ! Depuis longtemps tu vois qu'il t'aime, tu fais la coquette, tu l'encourages avec les yeux doux ! » Partie comme elle était dans ses griefs, elle s'emporta : « Nous ne sommes plus bien pour toi depuis que M. Jehan te fait croire que tu es une dame ! J'espère pour toi qu'il n'arrivera rien à François s'il persiste à se perdre dans les brumes du Nord. »

C'était trop à supporter, ces injustices, et jusqu'à des menaces ! Angélique, renonçant à combattre une Corentine qu'elle ne reconnaissait pas, dit simplement :

« Je pars demain, Corentine. Je vais dormir dans “ma” maison, puisque je ne suis plus de la famille. »

Elle eut pitié du regard désolé de Gaël et de la gêne visible des autres. Décrochant sa clef, elle leur promit de les embrasser avant de partir.

Corentine, visiblement ennuyée, comprenant qu'elle avait été trop loin, s'efforça d'articuler :

« Tu as dit que tu ne retournerais jamais dans ta sinistre maison…

– François a bien déclaré qu'il n'irait plus jamais sur ce maudit océan ! »

Lorsque M. Jehan vint chercher la jeune fille le lendemain matin, il ne s'aperçut de rien. Elle le guettait derrière le carreau de cette étroite fenêtre qui boudait à donner de la lumière. Elle dit au revoir à Corentine dont le baiser rapide dénotait encore sa rancune. Louis et Gaël s'étaient embarqués sur *Le Ciel avec nous* dès l'aurore, et François tenant parole était parti à Kérity, lieu d'embarquement pour les Malouins.

Le peu de tendresse qu'elle emportait dans son cœur était celle de Naïk qui par solidarité avait partagé le lit-clos de la maison voisine. Elles s'étaient endormies l'une contre l'autre pour unir leur chagrin et avoir moins froid.

Naïk, partie tôt pour la conserverie, les jeunes amies n'avaient pas échangé trois mots. Tout avait été dit avant de s'endormir.

« Ce n'est pas une simple brouille, avait conclu Angélique. J'ai déçu tout le monde, désolée de faire souffrir François. Mon départ est peut-être le dernier, Naïk. »

Dans le char à bancs, aux côtés de son bienfaiteur, elle ne put se contenir et éclata en sanglots. Il fut compréhensif.

« Si vous devez à vos parents adoptifs amour et reconnaissance, votre obéissance, elle, a des limites… Si vous êtes sûre de ne pas vouloir lier votre existence à celle de François, nul ne peut vous y contraindre. Embarquer pour Terre-Neuve est un geste de désespoir, il sait ce qu'il va endurer ! Chère petite, comprenez le chagrin de sa mère. Toutefois il ne faut pas qu'elle vous fasse du chantage.

– Expliquez-moi ce dernier mot, dit-elle en hoquetant.

– Si vous rejetez son fils, elle vous rend responsable. Il quitte la maison, et – hélas ! – n'y reviendra peut-être plus jamais. Ce sera de votre faute. Tandis que si vous l'épousez, elle vous garde tous les deux.

– Alors, je suis un monstre ?

– Est-ce que je vous fais des reproches ? Vous allez vous lancer à fond dans votre discipline de la dentelle où vous excellez. Je vous vois aller très loin… Quant au drame qui se joue sur la dune, il s'essoufflera avec le temps ; Corentine reviendra à la raison, je lui parlerai dans ce sens.

Le cheval, qui commençait à connaître le chemin, ralentit de lui-même et s'immobilisa devant la grille. Le sourire du jardinier-portier-homme à tout faire opéra comme une caresse sur Angélique. Philomène l'embrassa avec affection.

Durant les semaines qui suivirent, elle ne vit pas le temps passer. La comtesse, secondée par la religieuse revenue d'Irlande, l'accabla de travail. Parfois, elles lui intimaient de s'isoler dans la tour pendant les absences prolongées de M. de Kéradec, pour imaginer des modèles où les motifs s'agenceraient avec harmonie. Enfin, un jour, elle sut le pourquoi de cet acharnement, par la voix de la comtesse :

« Vous avez les longs mois de l'hiver pour réaliser une “toilette de visite”. Ce modèle pour les élégantes parisiennes sera exposé au musée Galliera à Paris où votre nom apparaîtra. Chère petite, ce sera une consécration ! »

Angélique dut attendre l'heure du coucher pour chercher le mot « consécration » dans son livre de chevet : son dictionnaire.

La comtesse continua son discours :

« Vous ne pourrez pas être aidée par l'atelier. Je vous mets dans la confidence : nous venons de recevoir une importante commande pour le clergé. Une dizaine de surplis (à se partager avec un autre ouvroir) pour la procession de la pointe du Raz le 3 juillet 1904. On inaugurera la statue de Notre-Dame-des-Naufragés. Vous imaginez le travail ! Nous mobiliserons les petites filles et les apprenties expertes de l'atelier pour l'exécution de ces surplis en dentelle d'Irlande avec les incrustations religieuses que vous connaissez : feuilles et grappes de raisin, épis de blé, etc. Quant à vous, vous en savez assez, je vous donne carte blanche pour l'exposition. »

Pour la première fois, la jeune fille, malgré le poids de la responsabilité, se sentit ivre de liberté et heureuse de secouer le joug des conseils, car Mme de Kéradec, absorbée par la procession, laissa à entendre qu'elle se désintéressait de ses cogitations.

Cette réclusion n'avait que le défaut de priver la jeune fille d'une amie.

Elle monta dans la tour et plongea son regard par l'étroite fenêtre. Une escadre de canards sauvages formée en triangle survola le parc. Elle quittait le pays pour des contrées plus chaudes. Ce jour-là les peupliers se tordaient en torche sous les assauts du vent. La nostalgie l'envahit. Elle pensa douloureusement à François, transi sur le terre-neuvas, les mains crevassées par le froid et le sel ou errant dans la brume glacée sur un doris partagé avec un compagnon d'infortune. Les chanceux qui en étaient revenus avaient raconté... Par bribes, comme François l'avait fait, car la souffrance endurée ne se partage pas. Que devenait-il ? « Ils » savaient peut-être à la maison ? Le départ du garçon et le sien, sur cette vilaine fâcherie, la peinaient dans les moments où ses doigts fatigués quittaient le crochet et lui permettaient de penser. Corentine la recevrait-elle à Noël ? On ne pouvait pas priver Gaël de sa sœur...

Elle eut réponse à ses angoisses grâce à la visite inopinée de son bienfaiteur. Avec l'autorisation de la comtesse, il la surprit dans la tour. Elle avait abandonné son ouvrage pour recharger un poêle à sciure. Il rit franchement en voyant la pauvre fille environnée de poudre de bois si volatile ! Elle s'ébroua comme un chien, secoua son tablier et éternua avant d'essuyer son visage et ses mains avec un mouchoir. « Regardez-moi ça ! Nous manquons de bois, mais il n'est pas question de continuer à me chauffer à la sciure lorsque la robe en velours atterrira ici ! Je préfère avoir froid...

– Il n'est pas question que vous attrapiez du mal. Promettez-moi que vous descendrez à l'atelier.

– J'aurais l'impression de retourner à l'école ! Mais avant de vous parler de mon travail, j'aimerais, s'il vous plaît, entendre de votre bouche des nouvelles de là-bas.

– Par qui je commence ? François a fait parvenir un message de Saint-Malo, il va bientôt embarquer pour une campagne de huit semaines à pêcher la morue... Changeons de sujet. La noce de Naïk et Ronan est fixée à début mars. Louis a déjà rendu visite à son ami ébéniste pour une armoire de mariage. Ronan qui connaît l'état des finances de Louis a poussé les hauts cris, l'informant qu'il avait l'armoire de ses parents chez lui ! Louis a paru vexé. On en est là pour l'instant. Quant à Naïk, elle se réjouit de vous voir à Noël et compte les jours.

– M. Jehan, vous me faites languir. Que dit Corentine à mon sujet ?

– Elle a honte.

– Elle n'est plus fâchée ?

– Le mariage fixé, elle a décrété que vous seriez le témoin de sa fille. C'est bien une preuve ?

– Merci mon ami. »

Soulagée d'un grand poids, la jeune fille parla de l'exposition du musée Galliera, sans omettre un détail : « Il s'agira d'orner une robe de velours bleu échancrée, pour laisser voir un corsage à col montant en guipure d'irlande fine, ainsi que les parements au bas des manches. »

Elle était si enthousiaste et si prolixe qu'il l'écouta en élargissant son sourire au fur et à mesure du récit.

« Voilà une nouvelle qui va réjouir ma femme. Elle avait préparé à votre intention plusieurs catalogues récemment reçus… que j'ai oubliés !

– Je suis bien égoïste de ne pas vous poser la question : Mme Jehan va-t-elle bien ?

– Elle a ramassé un chien grelottant derrière la fileterie. “En ces temps de disette, ils risquent de finir à la casserole !” C'est ce qu'elle a prétendu pour me circonvenir de l'adopter, alors… nous avons un chien, pas difficile et affectueux.

– Je reconnais votre bon cœur. »

Ils réalisèrent que le jour déclinait aux contours des meubles qui s'estompaient. Dans le poêle, la sciure s'était consumée, jetant encore de temps à autre une étincelle rouge comme si le feu indiquait qu'il ne voulait pas mourir.

Angélique ferma à clef la porte de son ermitage. Ils descendirent l'escalier en colimaçon et se quittèrent heureux de leur rencontre.

À quelque temps de là, la jeune dentellière eut l'heureuse surprise de recevoir une lettre de Corentine l'invitant pour Noël. Elle fut émue aux larmes en déchiffrant ces caractères tracés d'une main malhabile pour dire simplement : « On t'espère à Noël. »

« C'est une brave femme », pensa-t-elle, qui avait dû faire effort, non seulement pour écrire – aidée sans doute par Naïk – mais encore pour surmonter sa rancune.

L'absence de François pesa lourdement sur ces jours festifs. Ronan y participait et s'était ingénié à dénicher quelques succulences dont on avait perdu le goût ! On échafauda les projets les plus fous pour son mariage avec Naïk, sans vraiment y croire, mais à la lueur de la bûche dans l'âtre on se permit tous les rêves.

On sollicita Gaël, doté d'un joli filet de voix. On attendait un cantique de Noël, mais il s'amusa avec la chanson des sardinières entendue à la friterie :

« Ohé, Ohé,
Sardinières gentilles
Pour ne pas rester filles,
Allez au bord de l'eau
Choisissez votre matelot. »

Encouragé par son succès, le gamin enchaîna avec des refrains à la limite du grivois. Corentine, un peu estomaquée, donna son avis : « Il n'est pas en retard ce petit. Il promet ! », mais elle applaudit avec les autres. Ronan prit sa défense : « Demandez à Louis, le petit il est traité à bord comme un matelot. Il a sa part de travail, mais il partage aussi la rigolade, ça le dégourdit ! »

Louis reconnut que le mousse parfois en entendait de belles. « Ce n'est pas le même monde que celui de la comtesse ! », ajouta-t-il en clignant de l'œil vers Angélique.

« De toute façon, il va y avoir du changement, continua-t-il. Buannic veut remiser la chaloupe sardinière à l'abri du môle jusqu'à la prochaine campagne en avril, si la demoiselle a fini son caprice. Si la sardine nous lâche, je peux vous dire qu'elle fait la joie des Portugais et des Espagnols. Ils en profitent les salauds ! »

Ronan ne manifesta pas de surprise, très au courant de la situation. Par contre Gaël sauta en l'air : « Et son équipage ? Qu'est-ce qu'il devient ?

– Tout doux, le calma Ronan. Buannic sait ce qu'il fait. On va changer de mode de travail, c'est tout. Allez voir au port de Léchiagat l'arrivée des langoustiers ! Si François était là, on lui commanderait les casiers qui remplaceront les filets ! »

Les trois femmes se regardèrent, incrédules. Ce fut Corentine qui parla : « Vous ne nous avez rien dit ? Comment pouvez-vous nous ignorer à ce point, alors qu'en votre absence on s'occupe de tout !

– C'est des histoires d'hommes, ma bonne, on ne veut pas vous mettre en souci. Naturellement, le problème... c'est le vivier, marmonna-t-il en se grattant la tête.

– Ben alors ! s'exclama Corentine, ce n'est pas fait. Si on pensait à aller se coucher. »

Elle avait raison, il n'y avait pas le feu. Les hommes furent vexés qu'on ne les prenne pas au sérieux. Chacun gagna sa paillasse.

Angélique eut un pincement au cœur lorsqu'elle vit son amie sortir, cette nuit de Noël, pour faire un brin de conduite à Ronan, et sans doute un brin de câlinerie... Quelques jours plus tard, elle reprenait le chemin du manoir.

« M. Jehan, j'ai quelque chose à vous dire, déclara la jeune fille avec fermeté lorsqu'ils furent dans le char à bancs à regarder droit devant eux. J'ai beaucoup réfléchi, je ne peux pas continuer éternellement à travailler pour Mme de Kéradec. Vous allez me trouver orgueilleuse, mais je pense ne plus apprendre grand-chose à l'ouvroir. Tout ce que je sais, je vous le dois. Maintenant je suis capable de créer des modèles et je ne veux plus me crever les yeux pour… des prunes ! »

Il ne l'avait jamais vue aussi décidée et son langage l'amusa.

« Vous me faites penser à votre mère, c'est une qualité d'être ambitieuse mais il ne faut pas aller plus vite que la musique ! Il est trop tôt pour songer à vous installer. Votre nom apparaîtra à l'exposition, m'avez-vous dit ? Les élégantes parisiennes ne manqueront pas de signaler le modèle à leur couturière et feront peut-être appel à vous ? »

L'assurance de M. Jehan la réconforta. Il était toujours de bon conseil. Elle joignit les mains comme une petite fille ravie :

« J'aimerais tant aller à Paris !… mais la comtesse n'en a pas parlé.

– Ne comptez pas sur ce voyage. Il occasionnerait beaucoup de frais et je pense qu'au musée on ne vous demanderait pas votre avis. »

La suite montra qu'il avait raison.

La robe de velours bleu habilla un mannequin que l'on avait bourré sur place dans l'atelier. Les ouvrières reçurent consigne de ne pas s'en approcher. Seule Angélique eut le privilège de le toucher, de lui prendre ses mesures et d'évoluer autour de ce « fantôme » qui devint sous ses mains, grâce aux ornements de guipure, une princesse de cour. Les petites filles regardaient Angélique comme une fée. Quant à la comtesse, un changement de ton s'opéra. À dater du jour où la merveille enveloppée de papier de soie fut couchée dans un « coco[1] » et expédiée à Paris, elle appela la jeune artiste : mademoiselle Angélique !

La course contre la montre de cette réalisation terminée dans les temps, la dentellière se sentit vidée et plongea dans une grande tristesse. La comtesse lui accorda trois jours de repos qu'elle employa à lire *Pêcheur d'Islande* de Pierre Loti, à habiller une poupée pour les petites dont elle était l'idole, et à rédiger une lettre pour François qui croiserait peut-être le

1. Coco : long carton rectangulaire pour livrer les robes.

bateau-hôpital *Saint-François-d'Assise* chargé du courrier. Une bouteille à la mer…

Fit-elle ce geste par amitié ou pour soulager sa conscience torturée ? Elle en fit plusieurs brouillons.

Le printemps fit revenir les oiseaux dans les charmilles du parc. Y rôdaient parfois une biche et son faon. Le jardinier confiait de temps à autre un bouquet de tulipes à Philomène qu'elle ordonnait dans un vase sur la crédence du couloir. Si le soleil permettait aux dentellières de s'asseoir quelques instants sur les marches du perron après le déjeuner pour s'égayer avant le travail, il n'était que prometteur. La grande marée d'équinoxe à venir apportait de la côte à heure précise un souffle qui donnait le signal aux jeunes personnes de croiser leur châle et de rentrer en frissonnant.

Son esprit toujours à voguer, Angélique évoqua les siens à la pêche à pied. La grande marée ! C'était une manne pour tous les gens de mer, non pas venue du ciel mais déposée par la mer comme une offrande. Elle imaginait Gaël – son petit bonhomme – à la fête, armé d'une pioche plus grande que lui ou d'un haveneau qu'il devait brandir comme un étendard.

Elle ne devait pas avoir six ans lorsqu'un jour de grande marée, la mer retirée au loin, elle avait marché jusqu'aux Étocs, escaladé les rochers à la main de son grand père… Il lui avait montré des débris d'habitation et des marches d'escalier : « C'était la ville d'Ys, petite. N'en parle pas, certains riraient de toi ! » Elle avait su garder le silence mais à présent elle se promit d'en parler un jour à M. Jehan qui ne se moquerait pas. En s'isolant dans ce manoir, elle se privait de joies simples à partager en famille avec tous les habitants.

Le tableau idyllique des pêcheurs à pied s'effaça pour laisser la place au déchaînement de l'océan sans merci.

C'est par le passage du marin fournissant le poisson au manoir que le gardien apprit le désastre à l'ouvroir : « Un naufrage au large de Penmarc'h ! Un temps de chien, des vagues hautes comme des maisons, le canot des sauveteurs rejeté lui-même contre les rochers ! » La comtesse, désireuse d'entendre le marin raconter ce drame lui-même, le fit rappeler alors qu'il s'éloignait dans le parc. Elle groupa les petites filles et les adolescentes pour entendre son récit : « Ce n'était pas un chalutier, ni une chaloupe, mais un énorme chasse-marée à trois mâts ballotté comme un sabot sur l'océan en furie. La corne de brume et la sirène avaient averti la population. Tous sont accourus pour s'immobiliser en haut de la dune, de Penmarc'h à Porz-Karn, épouvantés d'être impuissants. Le bateau s'était couché sur le côté avec sa cargaison qui se dispersait. Du port, plusieurs canots sont partis au secours des marins qu'on apercevait, roulés par les vagues, réapparaissant comme un banc de dauphins. »

Au fil du récit, les filles murmuraient : « Mon Dieu, c'est terrible ! » L'autre reprit :

« Mais les canots n'ont pas fait mieux que le "Sauvetage en mer"...

– Il y a des morts ? jeta Angélique affolée.

– Hélas, petite ! On a repêché cinq pauvres bougres... mais plusieurs ont disparu. Les femmes sur la grève se tordaient les mains, sans une plainte, avec leur courage habituel. Le plus dur, c'était de voir les mères et les épouses retourner les corps sur le sable, visage orienté vers le ciel, pour les reconnaître. "C'est ton homme, Rosine..." " Jésus, Marie ! C'est le jeune Jean-Yves..." »

À ce point du récit, certaines petites filles essuyaient leurs larmes et la comtesse regrettait amèrement cette bouleversante narration. Le marin n'en avait pas fini :

« Ceux qui s'en sont sortis, exténués, on les a traînés dans l'église, à l'abri des bourrasques. Là ils ont récité leur chapelet en attendant des secours. »

Le conteur, qui s'apprêtait à sortir en triturant son béret pour prendre congé de la comtesse, se retourna vers son auditoire : « Ce drame est accompagné d'un mystère. Au moment du naufrage, l'église de Penmarc'h s'est illuminée de l'intérieur[1]... »

Mme de Kéradec eut du mal à secouer son petit monde pour le remettre au travail. Les fillettes d'ordinaire babillardes se figeaient dans le même silence qui suit l'écoute d'une belle musique. Angélique courut après le marin : « Monsieur, monsieur ! Savez-vous le nom des victimes ? Les miens sont de Penmarc'h...

– On n'a pas fini d'en repêcher, ma mignonne ! La mer rend qui elle veut, après trois ou quatre marées. D'autres restent parfois au fond à hanter les abysses. C'est pour ceux-là qu'on entend parfois monter des profondeurs la litanie des cloches sonnant le glas... »

Il disparut sans dire au revoir.

1. *Fait divers ou légende extrait de* La Complainte de Penmarc'h *chantée aux veillées.*

Restée seule dans le parc, elle leva les yeux dans une prière muette. De gros nuages gris, bousculés par le vent en une chevauchée diabolique, surgirent comme un mauvais présage. Frappée par sa triste mine, la comtesse ne lui fit aucun reproche et la laissa s'isoler dans sa chambre afin de crever son chagrin.

Elle dut attendre plusieurs jours avant de recevoir la visite de M. Jehan. Il était accompagné, inhabituellement, de son épouse, ce qui au premier abord inquiéta la pensionnaire. Philomène vint la chercher alors qu'elle s'abîmait dans la lecture d'un article vantant la beauté de l'exposition parisienne au musée Galliera, et nommant « un bel ouvrage » qu'elle reconnut comme le sien, sans toutefois citer son nom.

À la vue du couple, la comtesse l'invita à parlementer dans son propre salon avec la jeune fille à qui elle décernait maintenant des lettres de noblesse. Elle eut la délicatesse de se retirer. Les rôles étaient inversés, ce fut Angélique qui devint la maîtresse de maison. Après avoir embrassé ses chers amis, elle désigna le canapé et un fauteuil recouverts de tapisserie au petit point.

« Combien je vous remercie de ne pas m'oublier ! leur dit-elle émue. Rassurez-moi, quelles sont les victimes du naufrage ?

– Des gars d'Audierne qui tentaient de rentrer au port. Vous ne les connaissez pas », répondit M. Jehan. Il se ravisa : « Peut-être le Chacal, cela vous dit quelque chose ?

– Bien sûr ! affirma Angélique. Tout le monde le connaît, il rôde sur toutes les côtes !

– Il ne les hantera plus. Le pauvre est mort "par où il a péché", si j'ose ce jeu de mots. Toujours à l'affût lors d'une catastrophe, il a tenté de récupérer parmi des débris disloqués une caisse d'oranges. Savait-il ce que contenait son larcin ? Il s'est obstiné et a disparu avec elle dans les vagues. Quelle fin navrante !

– Et pour Buannic ? Il vaut mieux lui avouer », susurra Mme Jehan à son époux.

Elle en avait trop dit. À contrecœur, M. Jehan s'exécuta :

« Il a été repêché vivant, rassurez-vous. On a raconté qu'il s'est conduit en héros, mais peut-être en insensé... Lorsqu'il a vu des hommes luttant dans les vagues pour leur survie, il a sauté dans une annexe. Impossible de ramer. Ballotté comme un bouchon, il disparaissait et reparaissait dans la houle... D'un coup, l'embarcation s'est littéralement envolée en le jetant sur les rochers ! Il a été secouru sans connaissance, le dos esquinté... »

Angélique blêmit et mordit son mouchoir.

« Il est à l'hôpital des Carmes à Pont-l'Abbé. C'est une force de la nature, petite, il s'en sortira.

– Lui qui faisait le projet d'équiper un sloop langoustier ! Louis et Gaël en rêvaient et Ronan devenait son bras droit.

– Il faut plutôt envisager qu'il deviendra patron si Buannic doit renoncer à naviguer...

– Vous m'apportez de bien tristes nouvelles, mes amis.

– Parlons d'autres choses, dit M. Jehan sur un ton qu'il voulut guilleret. N'oublions pas le mariage d'ici quelques semaines ! La roue tourne et nos amoureux sont impatients. Votre amie Naïk a déjà reçu en cadeau des boules de pardon, comme le veut la coutume. »

Pour distraire la jeune fille, Mme Jehan enchérit :

« Mon mari et moi-même lui avons annoncé que nous offrions le tablier de mariée ! De satin blanc orné de perles, cela va de soi !

– Moi, j'ai commencé à lui orner une chemise de nuit d'un volant en dentelle d'Irlande. Elle ne peut espérer un trousseau entier de cette facture, hormis draps et torchons tissés par

Corentine depuis des années ! Elle dira sans doute que c'est trop beau pour elle. Si elle avait connaissance de la lingerie des riches dames de Paris... À *La Cour batave*, on présente un déshabillé avec chemise de nuit assortie, une liseuse, une charlotte (lorsqu'on reste à la maison, évidemment !). Tous ces sous-vêtements en irlande et des incrustations sur tulle ! Ces dépenses me choquent, comme vous le pensez... Voyez, Mme Jehan, sur cette revue, l'audace de marier de la fourrure avec de la dentelle !

– Votre exaltation m'amuse, chère Angélique. Autrefois je vous étonnais avec mes *Illustration* et mes *Fémina*. Vous en savez plus que moi ! »

L'intrusion de Philomène, porteuse d'un plateau avec des rafraîchissements, fit prendre conscience du temps écoulé à M. Jehan. Il sortit de son gousset un oignon au bout d'une chaîne qu'il consulta dans un geste un peu théâtral qui amusait toujours Angélique.

« Il est l'heure, chère petite. Notre jeune chien doit s'impatienter et faire des bêtises. Je dois passer également à la fileterie ; la fabrication s'est considérablement ralentie, mais avec ces filets de coton l'atelier de ramendage n'y suffit pas ! »

Les bons amis l'embrassèrent sur le perron. Le cheval hennit de plaisir en secouant ses grelots. Quant à la comtesse, elle leur fit un geste amical en écartant le rideau de l'ouvroir.

VIII

La dispersion

À SON RETOUR de l'hôtel-Dieu à Pont-l'Abbé pour visiter Buannic, Louis avait su tenir sa langue. Malgré la consigne de garder le malade allongé dans son lit, les sœurs avaient dû capituler. Le patient (quel euphémisme !) menaçait de s'ensauver s'il était condamné à cette position horizontale. « Nous ne sommes plus responsables de lui ! », avait déclaré, menaçante, la surveillante générale au docteur. Celui-ci avait répondu : « Laissez-le se lever. Après tout, déambuler dans le cloître sera peut-être une rééducation pour ses muscles… et son moral. »

En effet, Buannic avait annoncé sans ambages à Louis : « Je suis dans l'impossibilité de naviguer avec deux côtelettes en marmelade. Autrement dit, je suis bon pour le cimetière de bateaux ! » Louis avait protesté, mais Buannic lui avait cloué le bec : « Te fatigue pas vieux... La langouste, c'était un beau rêve. Si tu y tiens vraiment, tu peux toujours te faire embarquer à Belle-Île ou à l'Île-aux-Moines si tu choisis l'exil, mais si tu veux mon avis reste avec Ronan qui sera un excellent patron. »

Louis sursauta.

« Vous allez vite, patron. Attendez le temps qu'il faut pour guérir !

– Je te dis que je ne pourrai plus. Et puis, j'en ai marre, trop de tracas... Ronan est venu me voir, je lui ai annoncé sa promotion. Il faudra réembaucher deux matelots pour souquer ; Gaël n'a pas encore le gabarit pour soulever un aviron, mais il connaît tant la mer qu'il ferait sourire un requin ! Gardez-le. Malgré tout, je reste le propriétaire du *Ciel avec nous* ; vous serez obligés de me verser une part. Eh oui, tu peux rigoler ! »

Il fit une pause, tandis que Louis ne savait pas quoi dire.

« Ronan a parlé de mon cas à la conserverie. On le craint et on l'estime là-haut, depuis qu'il a fait du ramdam à la tête des sardinières ! Il y aurait un emploi chez les soudeurs-boîtiers. Tu me vois, à coller des étiquettes... »

Louis attendit de traverser le vestibule où glissait une sœur poussant un chariot de linge pour essuyer une larme.

Ce fut lors du retour du patron au pays que Ronan vendit la mèche. Il partageait souvent la tablée chez Louis autour d'un chaudron de bouillie d'avoine ou de soupe au chou où se dissimulait un morceau de lard. Le futur gendre, se coupant une tranche de pain, s'adressa à Gaël :

« Alors moussaillon, c'est moi maintenant qui aurai l'honneur de te donner des coups de pied dans le derrière ? »

Corentine ne s'attendait pas à celle-là ! Elle en lâcha son pain qui dériva au fond du bouillon de verdure. « Pourquoi menaces-tu le petit ?

– Puisque je deviens le patron du *Ciel avec nous*. (Il ne sera pas de trop celui-là !)

– Pourquoi tu n'as rien dit, Louis ? s'étonna Corentine.

– Ce n'était pas officiel, Ma'm. »

Naïk, charitable, ne put que retenir ce qui importait pour elle dans la tragédie du naufrage : « Pauvre Buannic ! On ne peut pas se réjouir. Un marin qui ne peut plus naviguer c'est une tragédie. Vous l'invitez à la noce, n'est-ce pas ?

– Pour regarder les autres danser », murmura Gaël.

On changea de sujet. Naïk relata la conversation des friteuses, puisque actuellement elle avait repris à la conserverie :

« À Douarnenez, la fête des Gras a été magnifique ! Il y avait tous les marins qui hivernent avant de repartir pour la saison, ceux qui viennent exprès pour faire réparer leur bateau, et puis toute la population. La misère, la disette, ils ont tout oublié. On a couronné un grand épouvantail qu'ils appellent le “Den'Paolig”, et le défilé… il était superbe ! »

Tous l'écoutaient, devant la cheminée où pétillait une bûche. Elle reprit, les yeux brillants : « Il y a eu la course des garçons de café, et puis une grande fête de nuit, sans oublier la journée réservée aux enfants ! L'ouvrière qui a eu la chance d'assister à ce carnaval a dit qu'elle avait encore les oreilles bourdonnantes de musique : les bombardes, les binious, les cornemuses ! »

Ronan souriait du bonheur de cette petite fille qui rêvait. « Naïk, je te promets de faire tout mon possible pour t'emmener aux Gras l'an prochain. On fera du cabanage dans le port de Douarnenez pendant trois jours ! »

Voyant la mine contrite du garçonnet, il ajouta : « On emmènera avec nous Gaël. Sans lui, qui nous ferait la cotriade ? »

Le feu jetant ses dernières étincelles, chacun s'enfonça dans sa nuit meublée de rêves, sous une pluie de confettis.

Louis, désargenté, freinait l'enthousiasme de Naïk et les ronchonnades de sa femme quant aux détails de ce proche mariage dont il aurait trouvé raisonnable de reculer la date. Et puis, l'absence de François… Trop tard. Ronan n'aimait pas tergiverser : il prendrait la charge de l'équipage et d'une femme, du même coup ! Il l'avait annoncé au cabaret avant la publication des bans. D'ailleurs, l'armoire de mariage était terminée avec l'inscription « 1904 » en clous dorés au fronton.

Louis dans sa jeunesse avait eu l'occasion de participer à un mariage dans les monts d'Arrée. Il se souvenait : c'était au début d'un mois de juin soleilleux. Perdu parmi une parentèle d'une centaine de personnes, il avait festoyé durant trois jours, à deux pas de l'aire à battre où les femmes s'activaient au-dessus d'immenses chaudrons de sorcières et les hommes à mettre en perce les tonneaux d'un cidre tiré des pommes des Hespérides. Des fossés aménagés dans la terre accueillaient les séants des convives qui disposaient devant eux, sur le sol recouvert de draps blancs, l'écuelle et le couvert dont il était recommandé de se munir ! Après les ovations et les discours, on avait même chanté un cantique ! Le cidre et le vin aidant, on avait dansé gavottes et laridés, histoire de digérer, et la jeunesse, dont Louis faisait partie, s'était dispersée dans la campagne pour une bataille de pommes vertes et la danse du loup[1].

Sous l'édredon, Corentine et son époux ne cessaient chaque soir de se creuser la tête pour savoir sous quel toit aurait lieu les repas. Entre roche et marécages, pas de pâturages. Seules d'étroites bandes de terre cultivables se jouxtant. Peu de bétail, donc pas de granges ni d'écuries. On leur proposa un local au chantier naval. Ronan eut la responsabilité d'engager les sonneurs : un biniou, une bombarde. Il compta même plus, en cas de défaillance. Son casse-tête fut de trouver un cochon bien gras, de l'andouille et des tripes pour le retour de noce. Corentine proposa de faire précéder le porc rôti d'une matelote d'anguille qui faisait sa

1. *Lire* Le Loup du marais *du même auteur aux éditions De Borée.*

réputation, ce qui fit râler Gaël : « Du poisson ! Encore du poisson ! On en mange tous les jours… » Il lui fut répondu qu'on se passait de son avis et qu'il était en âge d'être le garçon d'honneur. Ronan lui expliqua : « On te remettra une somme d'argent, et tu devras régler l'addition aux deux ou trois tavernes où la noce s'arrêtera pour se désaltérer et danser "un petit coup". » Le jeune garçon en resta muet.

Mme Jehan mise dans le secret, les femmes ne se quittèrent plus, absorbées par la toilette de la mariée et la confection du pain et des gâteaux.

Elle aurait pu de nouveau concourir pour le prix des Ajoncs d'or, la jolie Naïk ! Sur son cotillon noir étincelait de blancheur un tablier de satin brodé de perles nacrées. Sur un corsage de velours noir en forme de cache-cœur, à partir de l'épaule, « cascadait » une guirlande de fleur d'oranger jusqu'au bas de la jupe. La coiffe, ajourée comme un clocher bigouden, laissait échapper sur le front quelques boucles couleur de feu.

Il n'y eut pas de faille lors de ces deux jours de festivités, le mariage ayant été si bien préparé par Louis et Corentine. Une surprise les attendait au chantier naval où les compagnons de travail de François avaient eu à cœur de décorer le lieu. Lorsque les deux musiciens perchés respectivement sur un tonneau s'époumonèrent à la bombarde et au biniou, on ouvrit grand les portes et on invita les curieux à se joindre à la noce ! Gaël s'enhardit à danser. On l'autorisa à goûter au vin vieux et au *lambig* : vers minuit, il s'écroula de fatigue sous une table. Quant au jeune couple, il disparut dans la nuit en catimini, au grand dam des invités !

Bien qu'empressés de pénétrer dans leur nid d'amour, les jeunes gens tinrent à remplir deux devoirs : Ronan enleva la guirlande de fleur d'oranger de sa compagne et en décora le cou de son cheval. Si l'animal en prenait soin, celle-ci reposerait de longues années sous un globe sur le buffet. Quant à Naïk elle noua un ruban de velours à la boule de pardon offerte par Ronan le jour des accordailles et la suspendit au linteau de la cheminée.

Ensuite, ils fermèrent la porte sur leur bonheur.

Après les festivités, Angélique retourna au manoir. Depuis des semaines elle occupait une chambre partagée avec « l'Irlandaise » qui lui apprenait – outre l'art de la guipure – certains mots d'irlandais dont quelques-uns ressemblaient au breton, mais imprononçables pour la plupart. Lorsque la jeune femme s'absentait, elle appréciait la solitude. M. Jehan n'avait plus besoin de lui prêter des livres, la comtesse avait mis la bibliothèque à sa disposition. Laissant de côté les ouvrages à blason sur les ascendants de M. le comte, les exercices talentueux de physiciens ou les traités de jardinage, elle se plongea dans la poésie et les belles-lettres. Que de chemin parcouru ! Mais plus elle lisait, plus elle se trouvait ignorante. Pressentant qu'il n'y avait pas de montée sociale sans un minimum d'instruction, ce but à atteindre lui permit au fil des saisons de ne pas sombrer dans l'ennui.

Au cours de son dernier séjour à Penmarc'h, elle s'était sentie un peu une étrangère parmi ceux qu'elle aimait. Sincèrement heureuse du bonheur des mariés, elle constatait avec peine que Naïk se passait fort bien de sa présence. Leur installation dans la chaumière de Ronan causait un grand vide sur la dune. Quant à François, entre deux campagnes, il ne s'était pas fondu dans la famille comme dans sa jeunesse. Il donnait toujours l'impression d'être passé là, le temps de poser son sac, et l'avait à peine regardée… Son attitude distante l'avait chagrinée. Elle regrettait l'époque de la camaraderie où il la coursait entre les rochers ou lui glissait un petit crabe vert dans son décolleté pour la faire hurler de frayeur !

Par la fenêtre de son nouveau domaine donnant sur l'arrière du manoir, elle aperçut le jardinier et deux silhouettes inconnues récolter les pommes du verger. L'un rassemblait les fruits qu'il juchait en pyramide au pied d'un arbre. Un autre grimpait sur une échelle, un panier au bras, évitant les coups de bâton assenés par le jardinier sur les branches où s'accrochaient les pommes récalcitrantes.

Cette scène évoqua un souvenir qu'elle pensait enfoui à jamais. Avait-elle quatre ou cinq ans ? Elle avait marché longtemps, sa main prisonnière dans celle de son père. Passé le marais, il y avait un clos où la famille possédait un arbre : c'était un pommier. On venait le visiter lorsque ses branches disparaissaient sous des bouquets blancs, pour s'assurer qu'il avait bien supporté l'hiver. Ce jour-là, ses fruits jonchaient la terre ; on l'avait un peu oublié. Le père s'était exclamé : « À point pour faire le cidre ! » Angélique, de ses petites mains, avait ramassé une pomme avec le désir d'aider. Une abeille cachée dans le fruit gâté lui avait fait pousser un cri. « Elle t'a piquée, ma chérie ? Ne touche à rien, j'reviendrai avec un sac et la brouette ! »

Elle ferma les yeux pour mieux entendre la voix du père, le bourdonnement des abeilles, et se laissa enivrer par le chaud parfum des pommes mourant au soleil.

L'automne blondissait le parc.

À l'atelier, des adolescentes en fin d'apprentissage penchaient leur visage sur une dentelle arachnéenne. Deux d'entre elles seraient bientôt embauchées par la maison Pichavant. D'autres s'étaient vues contraintes par leur famille d'être gagées comme domestiques, ce qui navrait la comtesse et l'entourage.

La confiance établie avec Philomène, Angélique put lui confier son impatience de voir enfin s'ouvrir pour elle un avenir plus lucratif et une liberté de mouvement à laquelle elle rêvait.

Les jours de Noël furent sa seule étoile. Gaël ressemblait de plus en plus à Marie-Jeanne. La rudesse de son métier de marin étoffait son corps et l'habileté de ses mains l'avait conduit à s'inscrire à un club de maquettistes. Ainsi réalisait-il des voiliers sur lesquels il descendait jusqu'aux terres d'Afrique en imagination. S'il n'avait vu un palmier, combien il aurait été content – ne serait-ce qu'un jour de cet hiver –

de voir tomber la neige comme il avait découvert un blanc paysage sur le livre de lecture de Mme Lebec. Parfois un vieux se souvenait avoir vu des flocons tournoyer sur le cap Caval…

Lorsque les crocus pointèrent leur nez dans les jardins, Mme de Kéradec annonça à ses pensionnaires qu'elle allait fêter la venue du printemps. Ce serait l'occasion d'inviter M. le maire et les personnalités sans lesquelles l'ouvroir pourrait fermer ses portes. La comtesse s'enticha de ce programme avec zèle et gaieté. « Nous allons aménager la serre pour cette réception. Il faudra sortir les plantes, sauf les géraniums pour la décoration. Qu'en pensez-vous ? », demanda-t-elle au jardinier. Le brave homme se plia de bonne grâce à cette nouvelle tocade.

Pour les ouvrières, ce fut un temps de récréation. M. le comte, délaissant sa dernière invention – un métier à tisser des galons –, se plut à peindre sur des panneaux de toile des motifs de broderie bigoudène, copiés d'après son propre *shuppen*, dans les tons jaune, rouge et orange du plus bel effet. Les gamines ravies furent mises à contribution pour lui préparer ses couleurs, l'activité de l'ouvroir étant suspendue. Quant à la comtesse, elle s'affairait tantôt à la cuisine sur une recette de petits fours, tantôt sur le dos du jardinier pour vérifier la pelouse naissante.

On fit venir une repasseuse à la journée pour amidonner et repasser les coiffes de ces demoiselles, hormis celle de Mme de Kéradec rangée définitivement dans son armoire, au grand dam de son mari. Tout avait été dit à ce sujet : lui, considérant l'abandon du costume bigouden comme une trahison ; elle, affirmant qu'il fallait évoluer et suivre la mode de Paris ! Pour la réception elle se coula dans une robe de faille couleur violette, dont les lourds godets s'évasaient jusqu'à terre à partir d'une large ceinture. Elle étouffait dans un corset amenuisant la taille et rehaussant la poitrine. Le col montant baleiné et le jabot avaient été exécutés par l'Irlandaise elle-même. M. le comte, « son grand argentier », ayant trouvé la dépense exagérée, elle dut se contenter de rafraîchir son chapeau noir en l'enlaçant d'une plume frissonnante. « Nous devons nous surpasser pour bien recevoir la bonne société. D'elle dépend la survie de notre ouvroir… », l'avait-elle averti.

Il est vrai qu'elle aimait ses ouvrières, dévouée à leur donner un métier et une éducation, consciente d'épargner à leur famille les difficultés présentes.

La réception fut si réussie qu'elle fit jaser jusqu'au port de Pont-l'Abbé ! Les châtelains obtinrent la promesse d'une aide financière appréciable. Angélique depuis ce jour ne touchait plus terre : la comtesse l'avait présentée comme sa meilleure ouvrière et ces messieurs, après un bref conciliabule, l'avaient désignée pour représenter les dentellières bigoudènes à la fête des Tuileries du mois de juin 1905 !

À cette annonce, elle embrassa Philomène, serra dans ses bras sa protégée âgée de six ans : « Tu vois Rosine, il ne faut plus jamais pleurer. Un jour, toi aussi, tu deviendras une grande brodeuse ! »

Dans sa chambre, elle sortit de sa cachette la photo de Marie-Jeanne sur laquelle elle déposa de doux baisers. « Ma'm, j'ai réussi. Cette fois c'est sûr, je vais à Paris ! »

IX

La consécration

LES HABITANTS DE LA DUNE apprirent la distinction d'Angélique et son prochain voyage par la bouche de M. Jehan. Ils furent rassurés de savoir que Mme Jehan, ayant obtenu la confiance de la comtesse, jouerait le rôle d'accompagnatrice jusqu'à Paris. Angélique regretta de ne pouvoir distraire quelques heures pour embrasser les siens, absorbée par la confection d'une ombrelle en « irlande véritable », comme indiqué sur les ouvrages expédiés… jusqu'en Amérique ! Elle devait également mettre la dernière main à une robe de baptême, ce petit chef-d'œuvre étant un travail collectif dont elle avait créé le modèle puisque à Paris « décorer » les enfants de berthes et de béguins devenait un véritable engouement.

La fête de la dentelle aux Tuileries fixée au 21 juin, elle quitta le manoir quelques jours plus tôt, à la grande émotion des ouvrières au complet groupées sur la terrasse et de celle des châtelains fiers mais angoissés d'assister à l'envol de leur colombe. Philomène pleurait dans sa cuisine.

À la gare de Quimper, le cocher, pour la circonstance, fit descendre ces dames du char à bancs et déposa aux pieds de chacune un bagage de paille tressée d'un poids record de légèreté. Mme de Kéradec n'avait laissé à personne le soin d'y ranger l'ombrelle et la robe de bébé, ainsi qu'un costume de fête merveilleusement brodé destiné à Angélique, porte-drapeau du pays bigouden.

Prendre le train était déjà une aventure, s'immerger dans la foule à Montparnasse approcha de la terreur. La jeune fille, dévisagée, broya la main de Mme Jehan, sa bienfaitrice, sa convoyeuse, et dans l'instant son garde du corps… Toutes deux furent bien accueillies à la Mission bretonne, dévouée à la cause de ces jeunes filles débarquant avec leur innocence de leur Bretagne natale.

Mme Jehan, qui avait retenu une chambre d'hôtel, quitta la jeune fille, rassurée de la confier à de bonnes personnes à la moralité sans tache. « Enfin ! Des gens qui parlent breton ! », pensa Angélique. D'autres brodeuses partageaient cette maison d'accueil pour le temps de l'exposition. La conversation sur ce sujet dura tard le soir parmi les lits du dortoir.

« Vous avez l'intention de faire du crochet devant le public ? questionna une fille de l'Île-aux-Moines qu'Angélique reconnut à sa coiffe particulière constituée d'un serre-tête ouvragé fixé sur un bourrelet de velours noir, recouvert de mousseline.

– J'en ai bien l'intention. Ne vous a-t-on pas dit ce qu'on attend de vous ? s'étonna Angélique.

– Je pensais que nous nous contentions d'exposer nos travaux...

– Vous n'avez donc pas apporté votre matériel ? Une bobine, du cordelet, des crochets ? »

La fille se mit à pleurer. Elle murmura en hoquetant : « J'ai pas besoin de crochet... J'fais de la dentelle à l'aiguille... » Là-dessus elle se mit à sangloter, les deux pans de sa coiffe sautillant dans le dos. On la consola en admirant « sa collection », et chacune, dans un joyeux froissement de papier de soie, exhiba son chef-d'œuvre.

Les exclamations furent stoppées par l'irruption d'une sœur : « Mesdemoiselles, avez-vous fini ce raffut ? Vous empêchez de dormir de jeunes personnes qui travaillent tôt le matin chez des particuliers ! »

Elles pouffèrent de rire en se déshabillant à la hâte et revêtirent leur tenue de nuit.

Le lendemain, accompagnées d'une « duègne », elles empruntèrent un omnibus tiré par de fringants chevaux noirs qui ne ressemblaient en rien au cheval poilu de Ronan. Le contrôleur leur indiqua l'escalier pour grimper à l'impériale. Admirer la capitale du haut de ce perchoir : un rêve ! Les jeunes filles béates ne virent même pas que leur costume régional attirait la curiosité et faisait l'admiration des voyageurs. Que serait-ce demain lorsqu'elles porteraient leur toilette de fête brodée et leur coiffe apprêtée ?

L'attelage longea la Seine où naviguaient des péniches. Paris se mettait en fête pour elles. Sur un livre d'images prêté par M. Jehan, Angélique avait découvert une ville grise et triste. Là se découpaient sur un ciel bleu azur des bâtiments que le soleil éclaboussait de blancheur : le palais du Louvre, les tours de Notre-Dame, la Conciergerie… et ces ponts qui auraient pu enjamber la mer…

« N'oubliez pas vos affaires, mesdemoiselles, et hâtez-vous de descendre ! », claironna la dame patronnesse.

Les filles furent à la gaieté, se croyant encore à l'école.

Elles pénétrèrent dans le jardin des Tuileries. Contre les grilles, une banderole annonçait : *Grande Fête de la Dentelle.* À la vue des nombreux stands alignés sous les ombrages, un frisson de panique circula parmi les jeunes artistes. Trois messieurs cessèrent leur conversation pour les aborder. « Qu'ils sont drôles ! », pensa Angélique. Des hommes portant chapeau melon ou canotier, on commençait à en voir à Pont-l'Abbé mais, à Penmarc'h, voilà qui aurait mis en joie les mouettes rieuses ! « Nous sommes les organisateurs, madame et mesdemoiselles ! Avez-vous fait bon voyage ? N'êtes-vous pas trop fatiguées ? Nous allons vous indiquer vos stands respectifs. Voyons... Les Bigoudènes, par ici je vous prie. »

Les Bigoudènes ? Elles n'étaient que deux ! Angélique avait fait la connaissance de sa payse dans le train. Cette jeune fille appartenant à la maison Pichavant de Pont-l'Abbé ne cacha pas son admiration pour Angélique : « Votre réputation est venue jusqu'à nous. La comtesse Mme de Kéradec compte notre établissement parmi ses intermédiaires et elle ne tarit pas d'éloges sur votre travail. Il paraît que vous ne vous contentez pas des motifs bigoudens et que vous inventez sur tulle des figures de l'Art nouveau ?

– Vos compliments me font plaisir, mais si vous êtes là vous devez exécuter de beaux ouvrages ? »

Le plus jeune du trio masculin proposa à la petite équipe de brodeuses une promenade dans le jardin. Il affichait un sourire permanent sous une fine moustache blonde et se distinguait par le port d'une lavallière nouée avec désinvolture, ce qui le rendait moins guindé que ses compagnons cravatés.

Ils firent ensemble le tour du bassin, sur lequel voguaient des voiliers orientés à l'aide de grandes perches par des garçonnets penchés à la limite du plongeon sur le rebord cimenté. L'un de ces apprentis marins se mit à gesticuler et appeler sa mère, son esquif prisonnier sous les jets d'eau au centre du bassin ! Les fillettes s'amusèrent à regarder ce naufrage « pour rire » et l'intervention rouspéteuse du loueur de bateaux.

« Je vous offre à toutes un verre de coco et des oublies[1] si vous avez une petite faim ! », proposa le dandy avec enthousiasme. Elles se groupèrent autour de la voiturette ambulante et firent quatre heures comme à l'ouvroir.

Quelques belles élégantes déambulaient d'une démarche alanguie sous les ombrages, au bras d'un compagnon jouant de la canne à pommeau. Angélique nota chaque détail vestimentaire. En ce mois de juin, les élégantes avaient abandonné la faille et le taffetas réservés pour les mondanités du soir au profit de belles toiles où se dessinaient des rayures amincissant leur silhouette. Le dos plongeant s'évasait en traîne, raclant la poussière des allées. La jeune fille comprit pourquoi on cousait au bas des robes ce petit ruban plissé dénommé « balayeuse » ! De la guipure, elle en voyait, du sac à main à l'ombrelle ! Aussi sur les jeunes enfants ornés comme des boîtes de dragées, assis dans des landaus que poussaient des nounous en uniforme.

Elle fut bousculée par un petit garçon jouant au cerceau. Elle fit un tour sur elle-même qui mit en joie ses compagnes, oiseaux échappés de la volière.

---

1. Petites gaufres légères roulées en cylindre.

Le beau monsieur aida Angélique à reprendre son équilibre. Elle se sentit rougir lorsqu'il lui prit le bras.

« Demain, vous ne reconnaîtrez plus ce jardin rempli de visiteurs. Vous serez toutes très sollicitées, les doigts fatigués de travailler et la gorge sèche de beaucoup parler. » Il la questionna sur sa famille et son berceau natal, et la félicita sur le beau français dont elle usait. « Nous nous verrons demain, mesdemoiselles », dit-il en s'inclinant. Il ajouta à l'adresse d'Angélique : « Vous serez la reine dans ce jardin royal ! » Elle ne sut que répondre. Il rejoignit les deux hommes en grande conversation avec la monitrice quant aux détails pratiques relatifs à cette exposition tant attendue de toutes les Parisiennes.

Il fallut se lever tôt à la Mission bretonne pour préparer ces jeunes filles. Mme Jehan, restée dans l'ombre jusqu'à ce jour, se vit mobilisée pour épingler les coiffes, en nouer les lacets ou les pans brodés, serrer les corselets, fixer les bavettes des tabliers perlés... L'excitation fut à son comble lorsqu'un organisateur sonna la cloche pour venir chercher son « contingent » de brodeuses. Il s'était arrangé pour retenir un omnibus entier afin d'amener aux Tuileries le groupe breton et le faire admirer tout le long du parcours par le public parisien. Ces badauds reconnaissaient-ils le costume traditionnel de Douarnenez, Concarneau, l'Île-aux-Moines ou celui du pays bigouden ? Ils en sauraient plus en se rendant à l'exposition !

Les brodeuses crurent vivre un conte de fées en arrivant sur la terrasse du jardin des Tuileries. Des orangers en pots alternaient avec des cascades de géraniums-lierres d'un rouge éclatant. Entre les branches des platanes serpentaient des guirlandes de fausse glycine mariées à de légers bouquets de mimosa plus vrais que nature.

Les jeunes filles gagnèrent leur stand respectif, petites maisons colorées pour abriter des poupées. Elles en prirent possession avec la même hâte que celle de monter dans le train. Le beau monsieur qu'Angélique reconnut aussitôt montait la garde pour l'accueillir. Il l'aida à décorer la paroi du fond tendu de tissu bleu roi comme elle le souhaitait. Il joua de son ombrelle en s'extasiant sur la beauté du travail. Elle vit qu'il était sincère. « Combien de temps avez-vous mis pour réaliser cette robe de baptême ? Regardez-moi la finesse de ce châle ! Connaissez-vous la solidité d'un fil d'araignée ? »

Son enjouement la fit rire. Il était plaisant et, s'il n'y avait eu à ce moment le passage de sonneurs celtiques, elle aurait entendu encore mille bêtises. « À tout à l'heure ! », lui lança-t-il, puis il disparut derrière un manège de chevaux de bois.

Les promeneuses commençant à déambuler dans les allées, elle prit place sur un tabouret paillé permettant d'évaser sa robe de velours brodée et, munie de son ouvrage ébauché, fit danser le fil et le crochet sous les yeux attentifs des Parisiennes. On annonça Théodore Botrel. Elle cessa son travail pour l'admirer et ainsi reposer ses doigts. Il avait été le premier à offrir son talent au profit des familles bretonnes en détresse. Il chanta ses poèmes mis en musique, des complaintes nostalgiques et des chansons marines fredonnées par le public qui lui évoquèrent « ceux de là-bas ». Sur l'heure du déjeuner, les visiteurs s'égaillèrent vers le stand des crêpes et s'attablèrent pour déguster une bolée de cidre. De loin, Angélique aperçut une démonstration de lutte bretonne, intermède qui lui permit de croquer quelques galettes apportées dans une serviette par Mme Jehan.

« Vous ne vous ennuyez pas, ma bonne amie ? questionna Angélique.

– Pensez-vous ! On m'a réquisitionnée pour placer des billets de tombola en faveur des enfants bretons victimes de la crise sardinière. Souvent les gens se montrent très généreux et achètent un plein carnet ! Et vous, chère petite, n'êtes-vous pas fatiguée ?

– Je suis aux anges ! Les dames admirent mon travail et s'extasient sur ma "dextérité", prétendent-elles. C'est le mot qu'il faut dire, n'est-ce pas ? Si les ouvrages étaient à vendre, il y a longtemps que le stand serait vide, mais j'ai donné mon nom et l'adresse du manoir de Mme de Kéradec. Nous recevrons peut-être des commandes… Imaginez si j'avais une boutique !

– Vous avez peut-être raison, mais ici il faut tenir compte de l'ambiance ; la musique, les couleurs, la foule… tout prédispose à la bonne humeur. En magasin, c'est une autre affaire. »

Edmond – car le beau monsieur leur confia s'appeler Edmond – entendit ces derniers mots :

« Il ne faut pas décourager l'artiste, chère madame. La mode à Paris est folle de dentelle. Seuls les chiens n'en possèdent pas encore. Au Bois, on peut voir les élégantes jouer aux boules en robe d'irlande ! M. Proust lui-même est étonné : "De la dentelle, on ne voit que de la dentelle !" Enfin, les grands couturiers sont à l'affût des nouveautés, il ne faut pas laisser passer cette opportunité. Mademoiselle aurait un succès fou à vendre elle-même ses chefs-d'œuvre... »

À la figure renfrognée de Mme Jehan, Angélique comprit tout de suite que sa bonne amie n'appréciait pas les billevesées de ce « blanc-bec », comme elle le dit plus tard.

Le clou de cette fête était à venir. À la tombée du jour, alors que le soleil disparaissait en haut des Champs-Élysées, les promeneurs encore nombreux flânaient devant les échoppes, tandis que les dentellières avaient rangé leurs accessoires faute de lumière, lorsque soudain des milliers de lampes électriques dissimulées parmi les guirlandes fleuries scintillèrent dans les arbres, sur les portiques, le long des grilles, créant une atmosphère magique. Des exclamations de surprise et d'admiration s'élevèrent en même temps. Angélique sentit son cœur se gonfler de bonheur dans sa poitrine. Elle pensa très fort à Gaël, ce petit bonhomme qui partageait son temps entre la dune et l'océan. « Il faut que je gagne de l'argent pour lui offrir le voyage de Paris ! », s'engagea-t-elle.

Le bel Edmond qui semblait toujours désœuvré vint s'accoter à un montant de la baraque.

« Ce jardin éclairé, c'est une féerie, n'est-ce-pas ? Je viens jouer les équilibristes pour décrocher ce satin bleu, dit-il en montant sur le tabouret. Vous avez déjà emballé vos merveilles, je vois ? Vous avez dû exécuter des kilomètres de picot ? La monitrice vous a-t-elle fixé l'heure de la mobilisation générale ? »

Il avait de ces expressions ! Jamais la jeune fille n'avait entendu pareil plaisantin. Mme Jehan absente, affairée à rendre les comptes de ses billets de tombola, le jeune homme poussa la curiosité à la limite des convenances : « Il paraîtrait que vous regagnerez toutes la Bretagne après-demain ? Juste le temps de se reposer demain à la Mission bretonne... Quel beau programme ! Chère Angélique – vous permettez ? –, il n'est pas envisageable de ne rien voir de notre capitale. Paris le soir se mérite. Je vous invite à souper avec votre vieille amie chez *Poccardi*. Elle acceptera, il le faut. Nous obtiendrons la permission de votre monitrice, je m'en porte garant.

– Que diront mes compagnes, monsieur... Edmond ?

– Elles en crèveront de jalousie », répondit-il en riant. Il lissa sa moustache, sortit de sa poche de gilet un léger mouchoir qui fit flotter une senteur de violette et s'essuya les yeux.

« Vous êtes vraiment naïve et émouvante ! Vous avez travaillé du crochet toute la journée pour flatter l'orgueil de votre comtesse, et vous agissez comme une esclave ! »

La jeune fille tressaillit à cette provocation mais ne protesta pas. Il continua : « Vous n'allez pas perdre votre journée de demain à faire la sieste en chantant des cantiques ! Je vous propose la visite d'un magasin rue du Faubourg-Saint-Honoré où tout ce qui se fait en dentelle – attention ! irlande véritable – sera proposé à votre regard ébloui...

– Ce qui prouve que l'on n'a pas besoin de moi.

– Vous vous trompez. Montrez-leur les belles choses que vous auriez pu vendre cent fois aujourd'hui.

– Vous êtes prompt à décider cette sortie. Pour l'instant il faut convaincre Mme Jehan au sujet du restaurant. Une chose me taquine : je ne possède que deux tenues bigoudènes, bien loin des robes citadines. Je n'aimerais pas être un sujet de curiosité.

– Qu'allez-vous chercher là ! Depuis l'Exposition universelle, les Parisiens sont habitués à recevoir des étrangers. Même des Chinois !

– Je suis bretonne, mais française, monsieur Edmond !

– Française et susceptible. Allez, je vais jeter un coup d'œil sur les autres stands et prendre congé de certains messieurs. Je préviens votre monitrice ! » Il disparut sans qu'Angélique n'ait eu le temps de protester.

Edmond eut moins de mal qu'il ne le pensait à décider Mme Jehan. Pour la forme, elle s'offusqua, mais ce galant jeune homme était si habile et si flatteur qu'elle se laissa corrompre. Elle s'exclama : « Souper dans un célèbre restaurant parisien ! J'aurai de quoi étonner mon mari, lui qui connaît la capitale et m'en chante les merveilles à chacun de ses voyages ! »

Assises sur la banquette d'un fiacre hélé sur la place de la Concorde par M. Edmond, conduit par un cocher en chapeau haut de forme en cuir bouilli et vêtu d'une pèlerine, les deux femmes admirèrent la perspective des Champs-Élysées. Elles poussèrent des exclamations étonnées en apercevant pointer la tour Eiffel, comme si celle-ci venait de sortir de terre. L'attelage contourna les fontaines, remonta la rue Royale. M. Edmond ne tarissait pas. « De ce côté, le célèbre restaurant *Maxim's,* en face de vous l'église de la Madeleine. » Un embouteillage obligeant le fiacre à s'immobiliser, elles s'amusèrent du spectacle : des voitures à cheval, des phaétons automobiles parmi lesquels s'infiltraient des livreurs, des couples en sortie avec des dames empanachées et des messieurs en « huit-reflets »...

Au seuil du restaurant, M. Edmond fut accueilli comme un habitué. (Ce qu'il était en réalité.) Angélique, prise de timidité, eut une folle envie de se sauver. Quant à Mme Jehan, elle fit mine d'être très à l'aise, pourtant surprise qu'on la délivrât de son manteau auquel elle s'accrocha désespérément. M. Edmond obtint un salon particulier, ce qui évita à ces dames le regard des curieux qui s'étaient déjà manifestés les premières minutes. « Chère Angélique, vous semblez ne pas être consciente que les regards sont plus attirés par votre beauté que par votre coiffe. Cette modestie vous honore, mais si vous voulez réussir il faut que vous en preniez conscience. C'est un atout formidable ! »

La jeune fille ne comprit pas ce que ce compliment signifiait.

On agaça l'appétit avec des hors-d'œuvre italiens, suivis d'un pintadeau en gelée farci de foie gras. Ensuite, ces dames durent choisir entre des poires au sabayon et une plombière. L'esprit embué par le champagne mais le cœur à la plaisanterie, elles optèrent pour les deux desserts. Leur chevalier servant se montrait infatigable par ses histoires pointées d'humour. Il connaissait tous les ragots parisiens et leur fit entrevoir un nouveau monde. Il régla la note avec des gestes de grand seigneur. Ces façons de bonne éducation et de galanterie le firent monter dans l'estime de Mme Jehan. C'est pourquoi elle accepta de lui confier Angélique le lendemain afin de visiter le prestigieux magasin. « Moi j'aurai besoin de me reposer et ensuite je ferai quelques emplettes dans ce quartier de Montparnasse qui ne manque pas de boutiques. » La jeune fille fut étonnée d'avoir si facilement quartier libre. Quant à Edmond, il maîtrisa son envie de sauter de joie. Lorsqu'il aida Angélique à poser son châle sur ses épaules, il effleura sa main en une caresse furtive. Angélique battit des cils mais ne dit mot.

Dans le dortoir, les brodeuses fatiguées, mais tout à la fois excitées, commentèrent cette journée qui resterait pour certaines le fleuron de leur existence. Lorsque Angélique leur avoua qu'elle les lâchait le lendemain pour une escapade avec « le bel organisateur », ce furent des moqueries comme : « Encore ! » « Mais il ne te quitte plus... ! » Jusqu'à scander sur l'air des lampions : « C'est son amoureux, c'est son amoureux ! »

« Du tout ! rétorqua Angélique. C'est un vieux ! Il est intéressant, voilà.

– Ou intéressé, sous-entendit une finaude.

– Qu'est-ce qu'il attendrait de moi ? Il possède tout ce qu'il veut, il a les moyens ! s'indigna Angélique.

– Tu es vraiment innocente ! maugréa la plus ancienne. Tant pis pour toi.

– Et toi tu es vraiment jalouse ! lui lança Angélique, ce qui fit pouffer les autres.

– Mesdemoiselles, il faut dormir ! La journée a été fatigante pour tout le monde. » L'apparition par la porte entrebâillée de la bonne sœur en longue chemise de nuit, la chevelure prisonnière dans une confortable charlotte à volant, stoppa les propos fielleux qui risquaient de gâcher la journée mémorable.

Lorsque Edmond vint la chercher, Angélique ne le trouva pas si vieux que cela. Il portait un costume clair en alpaga, un canotier et une badine, à moins que ce fût une canne en jonc. Elle n'avait pas encore monté sa coiffe, préférant se mêler aux Parisiennes avec seulement le bonnet de velours noir. « Il n'en est pas question ! contesta Edmond. Je vous veux avec la coiffe. Nous allons dans la plus célèbre des maisons de dentelle… Sans la coiffe, vous auriez l'air d'une ménagère !

– Et avec, je ressemble à ces publicités dont est truffée *L'Illustration*.

– Vous êtes une drôle de petite personne. Faites comme vous voulez. »

Elle s'approcha d'un miroir, installa sa coiffe en serrant vigoureusement les lacets sous son menton.

« Ne vous étranglez pas pour autant », dit-il en se moquant.

Elle chercha à lui rendre la monnaie de sa pièce en lui servant quelque chose d'embarrassant :

« Pour quelle raison, je vous prie, cette sortie n'a-t-elle pas été prévue avec toutes les dentellières sans doute très intéressées ?

– C'est une initiative personnelle. La comtesse d'Arnoult n'a pas tari d'éloges sur vous, ainsi qu'une délégation irlandaise qui vous a donné le surnom de “reine du picot”.

– Je ne sais pas si c'est flatteur. Je brode sur tulle, j'invente des modèles d'irlande, j'ai dépassé le stade du picot comme le font chez nous les enfants de six ans !

– Décidément vous avez la tête près du bonnet, comme on dit chez nous. Sans vous donner d'ordre, prenez avec vous les ouvrages de l'exposition ! »

Ils cessèrent de se lancer des piques pour s'amuser à regarder les passants et l'activité parisienne du haut de leur fiacre. Angélique se tut pour promener son regard sur un vendeur de plumeaux et d'éponges, une marchande de violettes, un camelot exposant des jouets sur une toile et un photographe « en plein air ».

« Et lui, qu'est-ce qu'il fait ? questionna-t-elle.

– Il essaye de placer ses statuettes. C'est un Italien.

– Et dans cette échoppe, s'il vous plaît ?

– C'est une marchande de feuillage », lui répondit-il, amusé par son ignorance.

Ils arrivèrent devant le magasin baptisé *Aux doigts de fée.* La jeune fille s'extasia devant les vitrines où elle dénombra une cinquantaine d'articles. « Ces napperons, j'en reconnais les motifs, ainsi que ces gants à manchette qui viennent de chez nous.

– Vous savez confectionner des gants comme ceux-ci ?

– Bien sûr, mais c'est long à faire et on n'y gagne que quelques sous… Plus on s'attaque à un grand ouvrage, plus cela rapporte.

– Nous allons demander les prix, vous aurez des surprises. »

Ils furent reçus comme des hôtes de marque. On avança un fauteuil recouvert de velours pour cette jeune fille venue du bout du monde et, sur une table lui faisant face, on étala successivement des déshabillés et des lingeries intimes qui firent se retourner M. Edmond pour ne pas gêner la jeune fille.

Devant ce déploiement de merveilles, Angélique retenait son souffle. Combien d'heures, mon Dieu ! Et combien d'ouvrières avait-il fallu pour ce couvre-lit tout en irlande fine, exécuté sans bourdon et sans patron ? se demanda-t-elle. Elle-même avait dirigé un travail collectif pour une réalisation semblable. Elle eut du mal à avaler sa salive en apercevant les prix. La vendeuse accumulant les ouvrages, M. Edmond dissipa la méprise et dit avec son sourire charmeur : « Mademoiselle, vous êtes obligeante et nous vous remercions, mais nous ne sommes pas acheteurs. Pourrions-nous voir votre patronne ? »

Du fond du magasin apparut une grande femme élancée dont la taille comprimée, à grand renfort de baleines, mettait en valeur des arrondis généreux des deux côtés de sa personne.

M. Edmond s'exclama, théâtral à son habitude : « Toi, Lucienne ? Si je m'attendais ! »

La vendeuse glissa un regard malicieux vers Angélique, plus suggestif qu'un vilain ragot.

Elle lui dit n'avoir pas changé. « Tu es toujours élégant et séduisant, mon cher ! », compliment qui ne le laissa pas indifférent mais qu'il ne lui retourna pas, tant il se la rappelait en « femme-liane », comme on en voyait sur les boîtes de poudre de riz.

« Chère Lucienne, j'ai à te parler de cette jeune fille qui m'accompagne.

– Venez tous les deux dans le salon. »

Ils quittèrent le magasin et acceptèrent un doigt de vin de Madiran, ce qui n'empêcha pas M. Edmond de parler pour vanter le don exceptionnel de la dentellière. Il était si prolixe que Mme Lucienne s'amusait de son engouement.

« Montrez à madame vos ouvrages, je vous prie », demanda-t-il à Angélique. Elle ouvrit le précieux « coco[1] » et déballa de nouveau la preuve de son talent.

« Splendide ! s'écria Lucienne. Je vous achète tout, mademoiselle ! » Ce disant, elle se leva et revint munie d'un gros portefeuille en maroquin, l'ouvrit et jeta sur un guéridon une liasse de billets.

---

1. Surnom du carton permettant aux couturières de livrer une robe.

M. Edmond ne laissa pas à la jeune fille le temps de se récrier. Il bondit en paroles – si cela est possible : « Chère et bonne Lucienne, je reconnais bien là ton sens des affaires ! » S'adressant à Angélique : « Prenez ce que l'on vous propose. Mme Lucienne a la réputation d'être généreuse. »

Angélique mesura d'un coup d'œil la somme considérable, l'enfouit sans compter dans la poche de son tablier brodé et remercia. Edmond sourit à son ancienne connaissance et reprit : « Nous n'en avons pas fini de nos suppliques. Angélique aimerait travailler pour toi.

– Mais c'est une excellente idée ! Chère petite, vous broderiez devant nos clientes, disons les après-midi car les clientes ne sortent pas le matin. Nous l'annoncerions par voie de presse et par homme-sandwich ! »

Edmond enchaîna auprès de la jeune fille : « Qu'en pensez-vous Angélique ? À mon avis, sans vous influencer, c'est une offre à ne pas rater… »

Dans l'esprit d'Angélique, tout s'embrouillait. Travailler ici, cela signifiait vivre à Paris, quitter la Bretagne, la famille, abandonner Gaël… C'est vrai, elle en avait rêvé, mais au pied du mur… Mme Lucienne et M. Edmond sollicitaient d'elle une réponse avec dans le regard une quête, déjà une pointe de reproche si elle refusait. Se sentant acculée, elle ne put retenir ses larmes.

« Attendez, attendez... Laissez-moi réfléchir. Je ne peux pas prendre cette décision toute seule ; il faut que j'en réfère à Mme Jehan, aux miens, à la comtesse... »

M. Edmond faillit étouffer : « À la comtesse ? Vous lui avez déjà trop donné ! Vous rendez-vous compte que chaque intermédiaire vous gruge à chaque fois un peu plus ?

– Vous employez des mots que je ne connais pas. Ne dites pas du mal de la comtesse. Nous lui devons toutes beaucoup !

– Alors c'est très bien. Je ne m'occupe plus de vos affaires. Au revoir Lucienne ! Venez Angélique, et laissez votre coco, nous n'allons pas trimbaler un carton vide. »

Au sortir du magasin, Edmond dit simplement : « Par ce temps superbe, nous allons marcher. Les boutiques de la rue du Faubourg-Saint-Honoré sont parmi les plus élégantes de Paris. Vous pourrez vous offrir un caprice maintenant que vous voilà riche.

– Il n'en est pas question. Je sens que vous êtes fâché contre moi, dit-elle après un temps.

– Contre vous je ne pourrai jamais être fâché. »

Ils stoppèrent devant la vitrine d'articles pour chiens. « C'est inimaginable de savoir que vous habillez les chiens ! Quand je raconterai cela chez moi ! » Elle se mit à rire aux larmes. Sa gaieté était si communicative qu'Edmond retrouva sa bonne humeur et lui proposa un chocolat dans un salon de thé du plus grand chic. Angélique commençait à s'habituer à cette vie facile.

Tandis qu'elle s'efforçait de piquer à la fourchette un mille-feuille qui s'émiettait à plaisir, il lui posa la question inévitable : « Vous devez prendre une décision rapide, chère enfant. Ce n'est pas un traquenard : Lucienne a admiré votre travail et elle possède le magasin de dentelle le plus prestigieux ! Faites un essai. Restez à Paris, je vous promets mon appui à vos moyens d'existence. Votre retour en Bretagne peut se différer, un billet de train se rembourse.

– Que dirait Mme Jehan qui veille sur moi ? Je l'imagine mal rentrant seule à Penmarc'h... Elle serait félicitée sûrement par son mari ! Quant à Corentine, elle secouerait Louis pour prendre le premier train à Quimper, quitte à y laisser toutes leurs économies !

– Mais qui est Corentine ? Qui est Louis ? Vous m'avez dit n'avoir plus vos parents.

– Ils les remplacent avec dévouement.

– S'ils vous aiment, ils doivent comprendre que vous devez évoluer. S'ils sont chrétiens, ils ont lu dans les Écritures que celui qui a reçu un don a le devoir de le faire fructifier... »

Edmond était-il diabolique ou bon ange de son destin ? Sa dernière phrase eut pour effet de convaincre Angélique.

« Vous avez raison, je vais essayer.

– Voilà qui me plaît. Qui ne tente rien n'a rien. »

Sortant du salon de thé, il lui proposa de s'appuyer sur son bras. Puisqu'elle s'émancipait, pourquoi pas ? pensa-t-elle. Tous les couples déambulaient ainsi. Lorsqu'elle reprit la parole, il sentit encore une résistance.

« Une chose me paraît insurmontable : je ne veux pas vous être à charge en attendant de gagner ma vie, et les miens ne pourront pas être en mesure de subvenir à mes besoins...

– Mettez vos scrupules de côté, chère Angélique. Vous me rembourserez un jour ce que je vous avancerai. » Il abandonna son ton sérieux et continua sur un ton badin : « Je suis un filou, vous savez. Lucienne l'attesterait. Je mise sur votre réussite, c'est une marque de confiance en votre avenir, et... pour dire la vérité je ne suis pas indifférent à votre petite personne », ajouta-t-il.

Elle ne répondit rien mais sentit qu'une rougeur envahissait son visage. La Mission bretonne en vue, après un trajet en fiacre, elle fut soulagée à l'idée d'être délivrée de son tortionnaire. Un peu inquiet par son silence, Edmond, se reprochant d'avoir été trop pressant, la questionna : « À quoi pensez-vous ?

– Je me demande si la sardine est revenue. »

Elle était vraiment déconcertante !

X

Le grand saut

En traversant la cour pavée de la Mission, ils constatèrent qu'on les attendait. Derrière les petits carreaux de la porte-fenêtre s'encadraient les visages de la monitrice irlandaise, celui de Mme Jehan, et plus en retrait celui de la sœur encombrée par sa cornette. Les reproches fusèrent : « Vous nous avez inquiétées ! Angélique, vous n'êtes pas raisonnable. Vos compagnes sont en train de préparer leur bagage ! » « Mon Dieu, ce n'est pas gentil… »

Ce ne sont pourtant pas les effluves de son chocolat qu'il fallut incriminer. Peut-être cette avalanche de propos fâcheux ? Angélique, plantée au centre du vestibule, sous les regards de ses accusatrices, déclara d'une voix qu'elle-même ne reconnut pas :

« Inutile de faire mes bagages, je ne pars pas !

– Vous dites des bêtises ! énonça la monitrice d'un ton doctoral malgré son accent qui portait à sourire.

– Ma petite fille, qu'est-ce qu'il te prend ? », pleurnicha Mme Jehan en pétrissant son mouchoir.

Quant à Edmond, il afficha un désintérêt total en feignant de s'absorber sur le règlement de l'établissement, à quelque bonne distance du groupe.

La jeune fille comprit qu'il fallait « mettre un bémol » à son attitude. Elle n'avait rien à gagner à être insolente. Elle se fit soumise : « Je vous demande pardon à toutes, sachant que je vous scandalise. Ne considérez pas ma décision comme un coup de tête. Vous rendez-vous compte que j'ai quitté ma famille depuis deux ans pour travailler à l'ouvroir pour des étrangers ! Aujourd'hui j'ai l'opportunité de tester mes capacités à Paris. Laissez-moi tenter ma chance ! »

Son plaidoyer chavira le cœur des dames, mais également celui de quelques jeunes filles curieuses, échelonnées sur les marches de l'escalier. C'est vrai qu'elle était touchante…

Edmond, qui avait toutes les audaces, applaudit.

Mme Jehan se tourna vers lui : « C'est vous qui lui avez mis cette idée en tête !

– Chère amie, votre accusation est terriblement injuste. Votre protégée se voit offrir une chance d'avoir son travail reconnu. Ne travaillait-elle pas à la fileterie dans un atelier de ramendage il y a si peu ? Monsieur votre époux – grâces lui soient rendues – n'a-t-il pas remarqué les possibilités de cette jeune fille ? N'est-ce pas sur son intervention qu'une certaine comtesse l'a éduquée dans son ouvroir ? J'agis avec le même désintéressement que M. Jehan. »

D'un geste, la sœur renvoya les jeunes dentellières dans leur chambre et elle-même ainsi que la monitrice se retirèrent.

Mme Jehan effondrée sous le choc s'assit sur un fauteuil, dégrafant le bouton de col d'un caraco étrangleur. Angélique, penchée en avant, lui emprisonna les deux mains. « M. Edmond dit des choses justes, chère bonne amie. Ne soyez pas fâchée qu'il appuie ma requête. Il me faut du courage, vous savez, pour me lancer dans cette aventure incertaine… Aidez-moi au contraire à tenir ma décision. Les sœurs ne vont pas me chasser de leur institution. Et puis ce n'est qu'un essai…

– Ma pauvre petite fille ! Si jeune, seule, dans ce grand Paris…

– J'aimerais que vous connaissiez Mme Lucienne. Vous seriez stupéfaite de voir la qualité de la clientèle !

– Pensez-vous à moi dans cette histoire ? Que va dire M. Jehan ? Et Corentine ? Surtout Corentine ! Mon Dieu ! supplia la pauvre femme en tortillant son mouchoir au point de le mettre en pièces.

– Je vais vous faire une lettre pour l'un et l'autre. Cela vous disculpera.

– Oui. Vous expliquerez. Ce sera mieux ainsi…

– Je monte tout de suite pour écrire. »

Angélique, sentant craquer les réticences de la bonne amie, la laissa là, heureuse d'avoir gagné.

Edmond semblait vivre de l'air du temps. Il put dans la journée faire la conduite des jeunes Bretonnes et de leur encadrement en omnibus à la gare Montparnasse, leur offrant le luxe de deux porteurs, déployant une grande attention à bien installer ces dames dans leur compartiment. Mme Jehan en oublia son ressentiment envers cet homme si parfaitement convenable. Revenu à la Mission, Edmond prit soin d'accompagner Angélique au magasin *Aux doigts de fée* pour la remettre entre les mains de Mme Lucienne.

La jeune fille rougit de plaisir en apercevant ses chefs-d'œuvre déjà exposés dans la vitrine. On lui attribua un poste de travail à deux pas de celle-ci, de sorte qu'on pouvait la voir travailler de la rue. Les deux vendeuses s'affairaient à ouvrir des tiroirs, à coller des étiquettes, puis à vêtir un mannequin, sans souci de sa présence. Quel accueil ! Sans doute ces personnes d'un âge… certain avaient pris leurs fonctions depuis la création du magasin et s'ombrageaient de la présence de cette nouvelle recrue qui devait son embauche à une recommandation « douteuse ». C'est ainsi qu'effectivement elles voyaient les choses.

Tandis que la dentellière zélée commençait un ruban de picot, Edmond avait rejoint Mme Lucienne dans l'arrière-boutique. « Nous avons à parler ! », lui avait-il lancé.

Pour la première fois le moral d'Angélique vira au gris : son protecteur la plantait là, face à ces deux employées qu'elle baptisa « chipies ». Parfois, l'une d'elles lui coulait un regard suspicieux, toisant son costume bigouden des pieds à la tête. Par bonheur, de belles élégantes, après avoir admiré la vitrine, envahirent le magasin ; car ce fut trois, puis cinq clientes qui s'approchèrent d'Angélique – au point de la toucher – pour observer et apprécier la dextérité avec laquelle elle maniait son crochet. Intimidées, elles osèrent toutefois poser des questions : « Pratiquez-vous depuis longtemps, mademoiselle ?

– Les enfants font du picot à partir de cinq ou six ans, madame.

– Les petites filles sans doute ?

– Non, madame. Les petits garçons également, à l'école et à la maison.

– Ça doit être charmant ! »

Angélique ne répondit pas que ce travail n'était pas un amusement mais une façon d'apporter quelques sous au foyer.

« Employez-vous du fil de coton ou du fil de lin ? s'enquit une autre dame. Je brode pour me distraire grâce aux modèles offerts par Cartier-Bresson et D.M.C. lorsque j'achète une bobine, mais j'aurais beaucoup à apprendre de vous. » Elle ajouta spontanément : « Je vous achète l'ombrelle !

– Mille regrets, chère madame, mais je suis venue dans la même intention… »

Comme elle s'amusait ! Et les deux vendeuses qui crevaient de dépit !

Edmond s'effaça discrètement, le temps de lui murmurer : « À ce soir ! » Quant à Mme Lucienne, tout sourire, elle emballa l'ombrelle et la robe de baptême. Entre deux clientes, elle prit à part la jeune fille.

« J'étais sûre que ce serait un succès, mais je suis bien inquiète... Demain nous aurons déjà tout vendu. Possédez-vous quelques autres ouvrages ? Nous pourrions les faire venir de Bretagne, j'en prends les frais à ma charge. »

Les yeux d'Angélique s'attristèrent soudain. Elle revit la tour du manoir. Là-haut, elle possédait des modèles inédits auxquels elle avait travaillé des mois. Sans renier les motifs bigoudens, elle s'était même inspirée de l'Art nouveau. Elle se remémora l'ouvroir où les petites filles devaient l'attendre, le brave jardinier et Philomène qu'elle entendait psalmodier : « *Ma Doué, Ma Doué* ! » Puisqu'elle abandonnait lâchement la bonne comtesse et le serviable M. de Kéradec, aurait-elle l'audace de réclamer ses ouvrages ? À l'heure présente, Pont-l'Abbé qui servait parfois d'intermédiaire ne les avait-il pas vendus en Amérique enjouée de cette mode ?

Redescendue sur terre, Angélique répondit :

« Ils ne m'appartiennent pas, madame.

– J'en étais sûre ! Edmond avait raison, vous étiez exploitée.

– Oh non, madame ! Ils étaient bien bons. »

Mme Lucienne, comprenant qu'elle n'obtiendrait rien, changea de sujet.

« Autre chose, chère petite. Que penseriez-vous de vous habiller de votre costume régional en arrivant à la boutique, pour vous vêtir à la mode parisienne en dehors de chez nous ? »

Angélique fronça les sourcils.

« C'est une suggestion de M. Edmond, se défendit Mme Lucienne. Si vous acceptez l'idée, il vous accompagnera dans vos achats. Fiez-vous à son bon goût. »

Le ton péremptoire n'était déjà plus une proposition, mais un ordre. Voilà ce qu'ils avaient mijoté tous les deux dans l'arrière-boutique…

La jeune fille qui avait déjà deux ennemies dans la place accepta, histoire de se concilier la patronne. Après tout, cette transformation projetée l'amusait.

En fin d'après-midi, Edmond entra dans le magasin avec une telle aisance que les clientes cessèrent de prendre une leçon de broderie pour admirer ce jeune homme élégant : un œillet à la boutonnière et une épingle de cravate scintillante piquée au milieu d'un bouillonné de soie. Il fit rire ces dames lorsqu'il salua les deux employées, décrivant une ellipse avec son canotier jusqu'au sol, à la manière d'un jeune premier de Feydeau ou de Labiche. Il en fallait beaucoup pour obtenir un sourire de ces deux « chipies », mais pour môssieur Edmond elles avaient toutes les indulgences. Elles ne comptaient plus les fois où il avait sorti de dessous sa jaquette une boîte de bonbons ou un bouquet de violettes à leur intention. S'adressant à Mme Lucienne, il dit : « Je t'enlève la petite ! Vous allez la tuer à travailler ainsi ! Qu'est-ce qu'on a fait de beau aujourd'hui ? demanda-t-il à Angélique.

– Des petits ronds, répondit-elle.

– Quoi ? Des potirons ? »

Mme Lucienne lui dit à voix basse ce que tout le monde entendit : « Tu as fini de faire le clown ? Tu dois choisir un vestiaire pour la demoiselle. Vous pouvez filer aux *Trois Quartiers*... »

Ils s'y rendirent à pied, ce qui ravit la jeune fille, heureuse de marcher et de humer l'air de la capitale. Puisque l'habitude semblait prise, elle lui donna le bras. Consciente d'être la cible des regards, elle se demanda s'il s'agissait de son costume bigouden qui intriguait ou la notoriété de son compagnon saluant à droite, à gauche, des messieurs en chaussures vernies ou des dames gantées jusqu'aux coudes.

Durant les essayages, Edmond, à qui on avait avancé un pouf, appréciait d'une moue satisfaisante ou éliminait une robe d'un geste accompagné d'une grimace. Il la faisait tourner sur elle-même d'un geste dolent de la main ou l'invitait à faire quelques pas sur le tapis moelleux du salon d'essayage. La jeune fille, infatigable, se laissait faire, regardant son image à la dérobée dans une glace où elle apparaissait en pied. Débarrassée de sa lourde robe en velours et de ses jupons, elle s'étonnait de la finesse de sa silhouette. Elle avait pourtant surpris les paroles de la vendeuse : « Mademoiselle serait encore mieux si elle portait un corset ! » Étaler ainsi son intimité… La honte l'envahit jusqu'à son décolleté.

Le choix d'Edmond sembla s'arrêter sur une robe couleur vert Nil, de tissu léger, agrémentée d'un grand col formant cape dont le bord ondulé rappelait les volants du poignet. La jupe s'arrêtait à la cheville. Edmond s'en étonna. « C'est la nouvelle mode, monsieur ! Nous en avons terminé avec le plongeant et la traîne.

– Pourquoi pas nous parler aussi de la crinoline ! », rétorqua le jeune homme vexé.

Angélique, jusqu'alors muette, susurra : « C'est une trop belle robe... L'étoffe doit être fragile.

– Elle est conçue pour se promener, non pour faire des lessives. Nous aviserons autre chose pour l'automne.

Étourdie, submergée, Angélique se laissa faire, essaya des chaussures et se détendit en choisissant un chapeau. Elle opta pour un bibi à voilette – la mode ayant tendance à bouder les grands chapeaux – que l'on devait incliner vers l'avant, sur le conseil de la vendeuse. Edmond souriait, en effilant sa moustache de temps à autre, ce qui était preuve de sa bonne humeur.

Il lui proposa de dîner au *Grand Véfour.* Pour elle, ce nom lui était complètement étranger, n'ayant jamais entendu parler de cet établissement prestigieux.

À l'idée de devoir se changer, elle déclina l'offre car elle était fatiguée. Il la reconduisit donc à la Mission. Dans la cour, il lui remit les cartons qu'il avait eu la galanterie de porter. « Maintenant vous serez à moitié parisienne. Je vous dis à demain soir !

– Moi je vous dis grand merci pour toutes ces folies. Jamais je ne pourrai... »

Il ne la laissa pas finir, mit sa main devant sa bouche et lui déposa un baiser sur la joue.

Trois ou quatre jours plus tard, une lettre arriva pour Angélique à la Mission. Elle reconnut l'écriture de M. Jehan, s'enferma et se jeta fébrilement dans sa lecture. Elle se serait attendue à plus de reproches. Il espérait qu'elle avait agi après réflexion, qu'il arrivait que l'on fît un mauvais choix et que tous à Penmarc'h seraient prêts à l'accueillir si toutefois elle changeait d'avis. Il évoquait même la parabole de l'enfant prodigue, ce qui la fit pleurer… Ensuite elle retrouva l'excellent conteur du temps de ses visites au manoir, lorsqu'il passait en revue les événements de la côte :

Je ne sais par quoi commencer. Parler de vos intérêts ou de votre cœur. Connaissant votre attachement aux vôtres, sachez que votre jeune frère a quitté son poste de mousse ; Ronan l'a nommé novice, tant satisfait de ses dispositions. Sérieux, ce petit a obtenu un prix au club de maquettiste de Lesconil en réalisant une superbe chaloupe sardinière !

Corentine et Louis démontrent qu'ils ont encore de la force à porter le goémon sur des civières. Ne sentez-vous pas les fumées qui traînent en écharpe sur la grève ?

Votre chère amie Naïk se porte comme un charme ; le mariage lui va bien et elle vient souvent à la maison de la dune, écartant du linge pour aider la mère ou grattant des moules.

L'usine a des problèmes car les ouvriers revendiquent d'être payés à l'heure et non au mille. L'Église et le recteur en sont très fâchés, moi je leur donne raison.

Vous attendez que je vous parle du manoir. Soyez tranquillisée, j'ai réglé vos affaires avec la comtesse. Après avoir libéré sa bile, elle est convenue que vous n'étiez pas à blâmer et m'a remis le magnifique déshabillé sur lequel vous aviez tant usé vos beaux yeux. Quant à vos objets personnels, elle désire que vous les récupériez vous-même. Je pense qu'effectivement vous ne devez pas agir autrement. Elle regrette de ne pouvoir compter sur vous pour une grande fête à Concarneau en faveur de nos familles de pêcheurs. Cette fête s'intitulera : « Fête des filets bleus », avec l'animation de Théodore Botrel. Elle est fixée le 10 septembre.

Mme Jehan s'inquiète beaucoup pour vous, se considérant responsable. Rassurez tout le monde. Qu'apprenez-vous à Paris ? Aimez-vous toujours la lecture ? Inutile de vous mentir : notre Bretagne vous pleure. Le ciel n'a jamais été si bleu et la mer se repose avant la grande marée de septembre.

Chacun me charge de vous embrasser, chère enfant, comme je le fais moi-même dans la confiance que je mets en vous.
Votre ami, M. Jehan.

P.S. : Ci-joint un mandat pour Mme la directrice de la Mission.

Il fallut plusieurs lectures à Angélique pour se concentrer sur la vie de chaque personne. Elle avait assez d'imagination pour les placer dans leur cadre. Fermant les yeux, elle entendit le bruit du battoir de Corentine, les jappements du chien lorsqu'il jouait avec Gaël, le grincement de la broyeuse d'ajonc dans la crèche. Elle se rappela le goût du sel sur ses lèvres et l'odeur du varech passant la dune…
Malgré la joie que lui causaient ces paroles de pardon subsistait en elle une tristesse. Qu'est-ce qui la tourmentait ? En un éclair, elle réalisa que M. Jehan ne parlait pas de François. Était-ce un oubli ? Dans ce silence, le jeune homme était encore plus présent.

Deux semaines passèrent sans que notre dentellière eût le temps d'avoir des états d'âme. Énergique, volontaire, elle prenait tant au sérieux son travail que les deux employées non seulement ne lui firent plus grise mine, mais encore lui prodiguèrent mille avances. Mme Lucienne lui préparait un lait de poule chaque matin pour la mettre en forme.

La clientèle, séduite par la grâce de cette jolie Bretonne, boudait le point d'Alençon ou la dentelle de Venise, et n'avait d'yeux que pour la guipure d'irlande. En un mot elle était devenue la coqueluche de ces dames. La pauvre fille comprit qu'elle ne pourrait jamais fournir, interrompue sans cesse dans son travail pour donner son avis sur le choix d'un parement qui agrémenterait un col, un poignet ou une ceinture ! Elle refusa la confection d'un jeté de lit et d'un tapis de table qui auraient nécessité six mois de travail ou la mobilisation d'une équipe à l'ouvroir de Mme de Kéradec… De cet avis, Mme Lucienne suggéra de commander quelques pièces au manoir.

« Êtes-vous d'accord, Angélique ? Vous comprenez bien que vous ne pouvez seule assurer ces commandes.

– Je pense que vous avez raison, madame, mais permettez-moi de le faire moi-même, au fur et à mesure des besoins.

– Accordé ! », répondit la patronne.

Angélique maîtrisa une bouffée d'orgueil. Les rôles s'inversaient ; ainsi elle allait gérer ce rayon « Bigouden-Irlande » et passer commande à la comtesse ! Qui profiterait des prix multipliés par deux et plus ? N'allait-elle pas avoir mauvaise conscience à faire travailler les petites à prix dérisoires ?

Edmond à qui elle conta l'affaire lui dit qu'elle raisonnait comme une sotte. « Vous foncez ou vous stagnez ? Je vous considère comme une fille intelligente, ne me décevez pas ! »

L'habitude était prise. L'élégant homme enlevait la jeune fille en début de soirée. Il n'avait pas d'horaire et elle ne lui posait jamais de question sur son emploi du temps. Par l'indiscrétion de Mme Lucienne, elle savait qu'il fréquentait des messieurs de la haute société dans un cercle des plus chics siégeant dans l'ancien hôtel de la Païva[1] et qu'un jour par semaine il se rendait aux courses où il gagnait ou perdait beaucoup d'argent. Deux ou trois soirs elle lui refusa un souper, n'acceptant qu'un rafraîchissement à une terrasse du boulevard des Capucines, prétextant qu'elle avait un ouvrage de broderie à terminer. Il n'avait pas beaucoup apprécié cette façon d'être un peu éconduit. « Je

1. Païva : demi-mondaine à l'époque de Napoléon III.

ne vous comprends pas, vous faites autant d'heures qu'une ouvrière d'usine…

– À la fileterie, j'étais une ouvrière d'usine, et je n'avais pas honte ! »

Il posa sur elle un regard plein de curiosité. Qu'elle était charmante dans cette robe couleur de printemps, avec son petit chapeau dont elle relevait la voilette pour boire, et drôle avec un regard qu'elle espérait courroucé…

« Ne vous fâchez pas, la contrariété gâte le teint… ! »

Il reprit sur un ton câlin : « Les beaux jours terminés, je vous offrirai un costume de fin lainage et une cape de zibeline. Vous êtes trop jeune pour fraterniser avec le renard. »

Elle cessa de mâchouiller la paille plantée dans une citronnade pour rire aux éclats.

« Que savons-nous de l'automne ? Vous serez peut-être en Ukraine ou en terre Adélie, vous m'avez dit aimer les voyages ?

– Nous irions ensemble et chasserions sur place votre fourrure ! »

« Il est difficile à suivre tant son esprit vagabonde, pensa Angélique. C'est ce qui fait son charme. » Elle s'avoua qu'elle ne pouvait plus s'en passer. Pourtant, cette relation ne ressemblait en rien à ce qu'elle avait lu dans les romans ! Combien était différente la protection rassurante de M. Jehan ! Edmond, au contraire, était l'homme de tous les dangers, cependant elle aurait aimé pousser l'intrigue pour connaître son monde à lui, où elle n'avait pas accès. Cela n'en prenait pas le chemin : il ne la présentait que rarement, ce qu'elle considérait comme de la muflerie. Elle paraissait soumise mais était prête à griffer comme un chat.

À l'aise sur cette terrasse de café, il se levait parfois pour s'incliner devant une dame dont il baisait la main, touchant de deux doigts le bord de son canotier d'un air décontracté lorsqu'il reconnaissait un monsieur à la boutonnière rouge.

Un soir, ils se rendirent à l'Opéra-Comique où l'on donnait *La Vie de bohème.* Elle n'osa pas lui avouer qu'elle n'avait jamais mis les pieds dans un théâtre. L'invitation la flatta mais l'effraya à la fois. Il la para d'une nouvelle robe pour y assister. En lui offrant une paire de jumelles recouvertes de nacre, il dit qu'avec l'éventail c'étaient les accessoires indispensables à une femme dans le monde.

L'ouvreuse les enferma dans la loge dont il était familier. La salle était à elle seule un spectacle. Ses jumelles voletant de l'orchestre au pigeonnier, elle aperçut plusieurs personnes braquant leur regard sur eux. La lumière s'éteignit progressivement comme les étoiles dans une nuit d'été. Elle se laissa aller à l'émotion tant la musique la bouleversait. Elle sentit qu'Edmond la regardait du coin de l'œil, aussi se détourna-t-elle pour essuyer une larme au destin tragique des amants. S'identifiant à l'héroïne, elle évoqua François, le seul être qui la couvait d'amour.

Au foyer, elle surprit ces paroles : « Qui est cette petite nouvelle qui accompagne le bel Edmond ? » Une ou deux allusions des employées au magasin lui avaient déjà fait comprendre qu'Edmond collectionnait ses aventures. S'il pensait l'avoir avec des robes et des cailles farcies, il se trompait. Après l'entracte, elle s'enfonça de nouveau dans le drame et laissa le bras de son compagnon s'évader sur son épaule.

La directrice de la Mission, bien que prévenue, fut très mécontente de l'heure tardive à laquelle sa pensionnaire rentrait. « Je ne peux plus supporter ce manège, Angélique. Vous oubliez que vous êtes dans un refuge pour jeunes filles et non dans un hôtel ! Je suis responsable de vous, M. Jehan me l'a encore rappelé récemment. Vous travaillez, c'est un fait, mais vous malmenez votre santé en sorties. En un mot, vous menez une double vie qui ne nous plaît pas du tout… »

La jeune fille s'attendait à ce qu'un jour les reproches lui tombent en avalanche sur la tête. Elle balbutia des excuses. Edmond qui mordillait sa moustache pendant l'algarade – ce qui lui donnait le temps de réfléchir – déclara : « Cela n'arrivera plus jamais, chère madame. Nous avions oublié qu'il s'agissait ici d'un pensionnat, en quelque sorte.

– En quelque sorte, en effet », conclut la directrice. Elle tira la jeune fille par le bras et claqua la porte au nez du « dévoyeur ».

Angélique eut du mal à dormir cette nuit-là. Si la comtesse n'avait pas été sollicitée pour coopérer avec le magasin, elle aurait fait son sac et aurait regagné sa Bretagne… D'ailleurs elle se languissait d'eux là-bas. Une question se posait : que deviendrait-elle à Penmarc'h ? En partant, n'agirait-elle pas comme une ingrate vis-à-vis d'Edmond à qui elle devait le début d'une carrière enviable et la découverte d'un Paris insoupçonné ?

La petite dentellière de l'Île-aux-Moines s'éveilla en sursaut. « Qu'est-ce qui se passe ? Il est l'heure de se lever ?

– Non, de se coucher », répondit Angélique en réprimant une envie de rire.

Elle était si drôle sa compagne de chambre, avec ses nattes, son visage ébahi émergeant d'une collerette frisée comme une salade ! En sortant de sa robe ainsi que d'une chrysalide, Angélique ordonna à la petite : « Dors !

– Je n'ai jamais vu une si belle robe ! se pâma la dentellière. C'est ton monsieur qui te l'a offerte ?

– Mon monsieur ? C'est un ami. Qu'est-ce que vous avez après lui ce soir ? »

L'aube blanchissait lorsqu'elle s'endormit.

Plusieurs jours s'écoulèrent sans voir apparaître Edmond, au point qu'Angélique, inquiète, en fit la remarque à Mme Lucienne.

« Ne vous a-t-il pas dit qu'il se rend parfois à son haras en Normandie ? Ne vous inquiétez pas, il reviendra. Et un conseil, ne lui demandez pas des comptes, il a horreur de ça… »

La jeune fille ne décolérait pas. « Il est fâché, pensa-t-elle. L'accueil l'autre soir à la Mission lui a fait prendre la décision de rompre notre amitié, trop compliquée pour lui. Après tout, je peux me passer de lui. Je gagne ma vie. »

Sa fierté l'empêcha de reconnaître qu'elle avait du chagrin, en plus d'être mortifiée. Elle eut même le courage, le dimanche, de visiter seule le musée du Louvre dont M. Jehan lui avait vanté l'intérêt. « Il constatera que je peux sortir sans lui ! » Hélas, la sortie rêvée ne l'amusa pas du tout. Elle se sentit écrasée par l'ampleur des collections exposées et fut accostée deux ou trois fois par des messieurs en mal de solitude.

Enfin il réapparut, charmant, avec des caramels d'Isigny et des anecdotes glanées en Normandie. Il ne parla pas de chevaux, elle le laissa aller, Mme Lucienne n'ayant fait que des suppositions.

Au pied de l'église de la Madeleine, il l'invita à monter dans un fiacre. Donnant ses directives au cocher, il précisa : « Ce n'est pas une course, mais une promenade. Vous montez les Champs-Élysées, direction bois de Boulogne ! »

Une fois tous deux sur la banquette de moleskine, il lui prit la main.

« Vous rentrerez tôt ce soir, il ne faut pas indisposer votre cerbère. Après une journée de travail, je pense que vous apprécierez le spectacle de ces arbres dans leur magnificence. Certains annoncent déjà l'automne. Regardez, le feuillage se laisse mordre par une couleur jaune inéluctable, jusqu'au flamboiement de certains arbres, et pour finir… leur dépouillement.

Quelle tristesse ! Seuls les enfants se réjouissent de marcher dans les feuilles mortes… »

Elle l'écoutait et se tourna vers lui, admirative. Il continua :

« Ce que je vous dis est une métaphore. Notre relation peut se terminer en feuilles mortes ou s'incendier et reverdir à chaque printemps, selon votre décision. »

Elle soupira. Qu'avait-il inventé ?

« Vous ne pouvez pas rester prisonnière de la Mission. Bien sûr qu'il faut en parler. N'aimeriez-vous pas avoir un chez-vous avec la liberté de sortir sans rendre des comptes ? Si vous acceptez, je vous installe dans un charmant deux pièces dont la vue donne sur le jardin des Tuileries ; on ne peut trouver mieux si vous n'avez pas peur de monter cinq étages… »

Angélique fut abasourdie au point de suspendre sa respiration.

« Voulez-vous que nous faisions quelques pas ? Vous n'avez pas besoin des grelots du cheval pour réfléchir. »

Elle acquiesça, releva le bas de sa robe qui découvrit de charmants escarpins. Il lui tendit la main pour descendre sur le marchepied. « Attendez-nous ! », ordonna le jeune homme au cocher.

Ils prirent une allée dans le sous-bois sentant bon la mousse, dépassés parfois par un enfant jouant au cerceau ou un chien ivre de liberté. Obligés de se serrer pour laisser le passage, il en profita pour la tenir par la taille. Il pensa : « Elle a dû suivre le conseil de mettre un corset. »

« Vous êtes très généreux, mon ami, mais je viens de recevoir un mandat de M. Jehan pour régler mes frais à la Mission.

– Il y a longtemps que nous n'avions pas eu ce bonhomme entre nous ! Vous n'êtes même pas sa fille ! De quoi se mêle-t-il… ou alors, mariez-vous avec lui, il peut vous faire le cadeau de divorcer après tout. »

Il était vraiment en colère et avait lâché sa taille avec brusquerie. Elle pleura, accablée, et souhaita s'enfoncer dans ce lac qu'elle entrevoyait à travers la verdure.

« Vous n'avez pas de mouchoir ? C'est impardonnable pour une femme. »

Il tira le sien pour essuyer ses larmes.

« Je ne veux pas vous voir pleurer. »

Avec douceur il lui remit une petite mèche sous son chapeau, en profita pour l'embrasser dans le cou.

Comme on parle à un enfant, il murmura :

« On ne parlera plus de M. Jehan. Ni de ce deux pièces, puisque l'idée vous déplaît.

– J'aimerais bien, mais… à la Mission je suis à l'abri.

– Ce n'est pas parce que le logement est sous les toits que la pluie va tomber sur votre lit, ironisa-t-il pour lui rendre le sourire.

– Vous savez bien ce que je veux dire. Si j'accepte, je suis une femme entretenue. Auparavant, j'étais ignorante de ces choses-là, mais depuis que j'approche les dames de votre société je pense que notre recteur de Penmarc'h aurait à dire dans ses sermons !

– J'apprécie votre pertinence. Quel progrès depuis l'exposition des Tuileries ! Vous allez à grands pas, ma chérie, mais vous ne voyez pas la vie en face et resterez une oie blanche qui fera fuir les hommes.

– J'aime mieux finir comme une oie blanche que comme une vieille poule, telle que madame…

– De grâce, ne dites pas de nom. Il est étrange ce langage dans votre bouche. Vous ne pouvez pas m'accuser d'avoir manqué de respect à votre égard. J'ai de la patience avec vous, qui en étonnerait plus d'une. Ainsi que je vous en avais parlé, je pensais vous mener dans une réception où vous auriez fait vos premiers pas dans la société. J'aurais été fier de vous présenter.

– Cette idée part d'un bon cœur, mais vous savez mes origines ? Un monsieur de votre classe n'épouse pas sa blanchisseuse. Vous m'auriez présentée comme une amie d'enfance ?

– Déclaration un peu tardive... Chez nous autres, on jase beaucoup, on colporte, on fait son enquête en vue d'un ragot. Ma pauvre chérie, il y a longtemps que tout le monde a remarqué mon assiduité auprès de vous ! Personne ne croirait à un amour platonique. Une jolie femme comme vous ? On me prendrait pour un idiot... »

Il se pencha pour cueillir au bord du chemin quelques violettes avec lesquelles il lui chatouilla les lèvres avant de les fixer à son corsage.

« Vous pouvez être si gentil ! Pourquoi me torturez-vous ? »

Ils arrivaient à la sortie du bois. Le cocher s'était endormi mais le cheval piaffait, secouant la tête pour éloigner les mouches, déclenchant un joyeux carillon.

L'un et l'autre comprirent que l'aparté était terminé. Ne restait plus pour refuge que l'ombre d'un noisetier. Il la serra contre lui.

« Je vous fait souffrir ? N'avez-vous pas compris que je vous aime à la folie. Je me moque de la blanchisseuse, je veux épouser une brillante – brodeuse – bretonne… »

Elle eut un étourdissement. Tout chavira : la cravate d'Edmond, le feuillage, les cailloux du sentier. Il la retint dans ses bras. « Cocher ! », cria-t-il. Ils la déposèrent à demi inconsciente sur la banquette de la calèche où il s'assit en retenant la jeune fille affaissée contre lui. Il lui ôta son petit chapeau, ce qui eut pour effet d'épandre la chevelure sur le cou et les épaules. Elle ouvrit les yeux, resta immobile et silencieuse. Malgré l'inconfort du voyage, elle souhaita faire ainsi le tour du monde. Elle considérait les arbres des Champs-Élysées défilant à l'envers sur un ciel sans nuages. Lui, rassuré, admirait son visage qui commençait à reprendre couleur, évoquant une ondine, ces femmes-fleurs chères à l'Art nouveau.

Il ne pouvait pas la déposer comme une épave à la Mission ! Tout contre son oreille il lui dit : « Angélique, de grâce, revenez à vous. Je vous ai parlé avec sincérité. Ma petite fée, je n'oserais pas vous mentir… »

Angélique se redressa, planta ses yeux dans les siens : « Où est mon chapeau ? »

Il rit franchement. « Drôle de petite bonne femme ! Vous défaillez à ma déclaration d'amour et votre souci est de savoir où est votre chapeau !

– Edmond, vous m'êtes très cher, mais avouez qu'en l'espace d'une promenade vous me jouez un vaudeville ! »

Une nouvelle fois Angélique devait prendre une grave décision. Personne à qui demander conseil… Dès son réveil elle désira prier dans une église avant de se rendre au magasin. Elle serait en retard, mais irréprochable depuis son engagement, Mme Lucienne aurait mauvaise grâce de lui en tenir rigueur.

Là-bas à Penmarc'h, les siens ignoraient que la jeune fille se conduisait comme une mécréante depuis son arrivée à Paris. Pourtant, le seuil de l'église franchi, elle eut la certitude qu'elle n'avait pas perdu la foi. À cette heure matinale le lieu était désert. Dans les chapelles se consumaient des buissons de cierges dont les flammes donnaient l'illusion de dissiper le froid qui sourdait des pierres de l'édifice.

Elle chercha des yeux la présence des nombreux saints bretons que l'on vénérait dans son pays et pensa : « Les gens d'ici n'ont pas besoin de protection pour les marins, de s'allier les forces de l'océan ou se garantir de la famine. » Quelles étaient les suppliques de ceux-là ? Edmond ne lui avait pas montré les quartiers sordides de Paris où l'on crevait de misère. Elle s'était fait une fausse idée de la capitale, avec la fréquentation d'une riche clientèle, des sorties avec un gentleman qui dépensait sans travailler et lui ouvrait les portes des restaurants à la mode. »

De l'orgue parvint une musique faite pour les anges qui la concentra sur la décision à prendre. Elle ne croyait pas à un mariage possible, même si celui qu'elle aimait était sincère. « Celui qu'elle aimait… » Elle se le répéta, incrédule. Depuis leur rencontre, elle avait toujours voulu chasser cette idée.

« Mon Dieu, aidez-moi !

Ce serait un bonheur si vous m'accordiez de vivre avec lui,

Même un peu de temps.

Si je vous offense, donnez-moi le courage de renoncer à lui

Et de partir là d'où je viens. »

Lorsqu'elle sortit de l'église et prit le chemin du magasin, elle savait qu'elle enfoncerait bientôt les pieds dans le sable de la dune.

À l'annonce de son prochain départ, la directrice de la Mission fut plutôt soulagée de se séparer d'Angélique – une pensionnaire qui ne rentrait pas dans les rails. Le lit vacant trouverait vite postulante. Avec Mme Lucienne, ce fut plus difficile. « Nous vous aimons toutes, chère petite, mais dans votre décision entre une part de caprice… Vos modèles ravissent les clientes, plus besoin de travailler derrière la vitrine – la publicité s'est faite de bouche à oreille – et je constate qu'après la lingerie et les colifichets ces dames décorent la maison. En plein succès vous nous quittez ! L'accord que vous avez passé avec la comtesse est une réussite : il vous soulage et vous arrondit le pécule !

– Je sais tout cela, Mme Lucienne, et je vous suis très reconnaissante. Rassurez-vous, j'ai bien l'intention de continuer à travailler avec vous. »

Mme Lucienne souleva son front en écarquillant les yeux : « Je n'aurais donc pas compris ? Vous désirez rejoindre votre Bretagne, n'est-ce pas ?

– Vous avez bien compris, madame, mais j'ai l'intention de diriger l'atelier de broderie du manoir et deviendrai votre fournisseur. Il vous suffira de passer commande, dit la jeune fille avec autorité.

– Et si la comtesse refuse cette prise de pouvoir ?

– J'ouvrirai un ouvroir à mon tour et n'aurai aucun mal à recruter du personnel…

– Vous m'amusez ! Quel aplomb ! Je comprends l'attirance que vous exercez sur M. Edmond… »

Le nom fut lâché, ravivant la blessure. Angélique ne fanfaronna plus, un nuage de tristesse voila son visage. D'un geste instinctif, elle croisa ses mains sur son cœur comme pour l'empêcher d'éclater.

« Il est votre ami, madame, il vous dira mieux que moi.

– S'il vous a fait de la peine, je vais le sermonner.

– N'en faites rien, il est… adorable.

– Si ce n'est qu'une querelle d'amoureux, cela ne vaut pas de rompre et de ruer dans les brancards ! J'ai peur que vous fassiez une bêtise en partant.

– En ne partant pas, je ferais une bêtise bien plus grave. »

Mme Lucienne, qui avait invité la jeune fille dans son salon personnel dès le début de l'entretien, la pria de s'asseoir de nouveau pour lui parler en confidence :

« Vous n'êtes pas sans avoir compris que j'ai eu une relation avec M. Edmond. Je l'aimais comme une folle ! Il appréciait ma compagnie, malgré les dix ans qui nous séparaient et qu'il semblait ignorer. Nous sommes restés bons amis, je suis devenue sa confidente. Croyez-moi, Angélique, il a changé. C'est vous qui avez accompli cette métamorphose. Cette fois il aime pour de bon. Ne lui faites pas de mal… »

Elle dit cela avec une supplication dans la voix.

« Vous l'aimez toujours, madame… Savez-vous qu'il m'a parlé mariage ?

– Il ne l'a jamais évoqué avec une autre. Vous voyez que c'est sérieux.

– Nous appartenons à deux mondes qui ne se mélangent pas. »

Mme Lucienne comprit que la décision était irrévocable. Elle en prit son parti.

« S'il vient, que dois-je lui dire, mon Dieu !

– Qu'il veuille bien m'attendre, ma course ne sera pas longue. Je fais un saut à la gare pour me renseigner sur les trains. Ne lui dites rien de mon départ, il doit apprendre ma décision de ma bouche. »

Lorsqu'elle traversa la boutique, les deux employées chuchotèrent et firent mine de ne pas la voir.

Devant le guichet des renseignements, sa certitude vacilla. Elle se poignardait.

De retour au magasin, elle aperçut Edmond en conversation avec une cliente de connaissance. Apparemment, il faisait le joli cœur, la conseillant sur l'achat d'une guimpe. Il avait bon goût, la dame se rangea à son avis. Croisant le regard d'Angélique dans la glace, ses traits se contractèrent. Il se ressaisit et lui sourit. Il vint vers elle et lui étreignit ses mains : « Vous m'avez fait une de ces peurs ! Mme Lucienne m'a dit d'attendre. Elle n'aurait pas dit plus, même sous la torture !

– Nous avons à parler, mon ami. Je me suis permis de retenir une table chez *Poccardi,* c'est moi qui vous invite ! »

Elle disparut dans l'arrière-boutique et revint plus belle que jamais dans sa robe vert Nil qu'il lui avait offerte trois mois auparavant. Elle s'était poudré le visage, mis un soupçon de rose sur les joues ainsi qu'une touche discrète de rouge sur sa bouche. Le jeune homme pensa : « Son visage aurait été un modèle pour Greuze ou Fragonard… »

Ils prirent un fiacre jusqu'à l'Opéra pour flâner jusqu'au restaurant. Appuyée sur son bras, elle s'interdit d'apercevoir leurs silhouettes dans une vitrine.

En débarrassant son fidèle client de sa canne et de son chapeau, le maître d'hôtel aurait été à mille lieues de reconnaître dans cette élégante jeune femme la timide quoique charmante Bigoudène flanquée de son chaperon…

Avec émotion elle prit place dans le salon particulier, témoin de ses débuts. Lui, marquait par son sérieux une inquiétude qu'elle apparenta à de la prémonition.

Elle laissa pétiller son champagne sur le bout de son nez, sachant qu'elle devait inscrire cette sensation dans sa mémoire.

« Cher ami, très cher ami, nous ne devons pas gâcher cette soirée… qui sera la dernière. Vous n'êtes pas surpris, n'est-ce pas ? »

Il fit non de la tête. Elle reprit :

« Je souffre beaucoup à l'idée de ne plus vous voir, de ne plus vous entendre. Vous êtes le charme en personne, très courtisé par des femmes gourmandes d'aventures. Pour moi la concurrence est déloyale ; un jour ou l'autre ma présence pèsera sur votre liberté et là je souffrirai encore plus. »

Il écarta son assiette et lui dit d'un ton plein de gravité : « Vous avez de moi l'image d'un homme inconstant. Je comprends avec tristesse que vous ne me prenez pas au sérieux ; c'est sans doute ma punition. À mon tour d'aimer et de souffrir. Vous resterez dans mon souvenir une étincelle de joie, car nous ne nous reverrons sans doute jamais… »

Sa sincérité la troubla beaucoup. Elle fut sur le point de lui dire qu'un contrat moral avait été établi avec Mme Lucienne pour approvisionner son rayon de dentelle et qu'il était possible qu'elle vienne parfois dans la capitale. Elle se retint, Edmond n'étant pas homme à vouloir être consolé.

Ils se forcèrent à rire devant un dessert glacé hérissé de cigarettes russes.

Pour la dernière fois, il héla une voiture fermée pour la raccompagner à la Mission. Avec hésitation il l'enveloppa de ses bras où elle se blottit comme un jeune oiseau de mer. Le cheval habitué à trotter, la course fut brève. À travers ses larmes, Angélique aperçut dehors des traits de lumière et des silhouettes foulant les pavés de Paris.

XI

Changement de cap

HABITUÉE À LA FOULE parisienne, Angélique n'eut aucune peine à se faufiler sur le quai pour accéder à son wagon. Aucune peine ? Justement, son cœur saignait d'avoir mutilé sa vie. Oui, il lui fallait récupérer cette partie d'elle-même qui s'abandonnait encore dans les bras d'Edmond.

En revêtant son costume bigouden ce matin-là, il lui avait semblé qu'elle entrait dans les ordres, dépouillée de son existence parisienne. Ses bagages délestés des ouvrages de dentelle – tous vendus rue du Faubourg-Saint-Honoré –, seuls restaient la robe et le chapeau vert Nil qu'elle désirait montrer à Naïk. Elle avait eu du plaisir à acheter de petits cadeaux pour chacun. Ses comptes réglés, elle était fière des économies cachées dans la poche de son jupon.

La jeune fille s'embarquait seule, ayant décliné l'offre de la directrice de l'accompagner.

Parmi ses compagnons de voyage, elle élit une charmante Quimpéroise pour lier conversation. D'où venait-elle pour arborer si jolie coiffe et collerette plissée[1] aux ailes d'oiseaux déployées ? Elle apprit ainsi que Mlle Sarah Bernhardt s'était beaucoup investie depuis Belle-Île dans la cause des familles de pêcheurs en détresse. « Comment ai-je pu vivre si égoïstement dans un luxe parisien qui m'a fait oublier la disette insupportable des miens ? »

Fatiguées de babiller, les deux jeunes femmes s'attardèrent à regarder le paysage. Dans les champs on s'adonnait de place en place au labour. Angélique pensa à son père et à Louis poussant l'araire pour éventrer la terre... Elle ferma les yeux pour mieux en sentir les vapeurs exhalées. Adolescente, accompagnée de Naïk, elle avait observé Ronan dont le cheval tirait la charrue, environnés tous deux d'une nuée de mouettes à l'affût des grains oubliés.

Quel frère, quel ami serait à l'attendre à la gare de Quimper ? Ils étaient prévenus depuis peu, elle avait pris sa décision si hâtivement...

---

1. Ce plissé s'obtient en repassant chaque pli de la collerette à l'aide de pailles.

Bien qu'à l'arrêt, la locomotive poussait encore des soupirs déchirants, à bout de force. Angélique lui aurait bien tapoté le flanc, comme l'on fait à une bête qui a bien travaillé. À travers un dernier jet de fumée, elle aperçut Naïk et fut frappée par sa fraîcheur. Malgré les privations, celle-ci conservait un visage rayonnant, au teint clair. Étonnant pour quelqu'un partageant son temps entre le soleil de la dune et les embruns de l'océan ! Ronan la suivait de peu, arborant un large sourire. Les Bretons ne s'embrassent guère, mais le retour d'Angélique si inespéré contredit la coutume. Il délivra la voyageuse de son bagage. Émus tous trois, ils se contentèrent de dire des banalités, réservant les choses sérieuses pour l'intimité d'une maison.

« Laquelle de ces dames monte à côté de moi ? Il serait temps d'apprendre à conduire un attelage, Angélique ! »

Les deux jeunesses pouffèrent de rire et se mirent d'accord pour monter derrière dans la charrette afin de ne pas être séparées. Elles s'assirent sur des sacs de jute, s'aidant l'une l'autre et se retenant aux ridelles. « J'ai des bas blancs tout neufs…, confessa Angélique.

– Moi j'ai des précautions à prendre : un bébé tout neuf, ajouta Naïk à l'oreille de son amie.

– En te voyant, je me suis demandé ce que tu cachais sous ton tablier. C'est magnifique ! Voilà une nouvelle ! »

Ronan aurait souhaité mettre des chaussons à son coursier pour entendre la conversation des amies. « Elles ne savent pas tenir leur langue de nos jours ces sacrées filles ! pensa-t-il. Ça y est, la coquine a parlé ! »

Comme il avait le cœur à la bonne humeur, et pour faire plaisir à « la revenante », il passa par le pont Ninon, salua l'église Saint-Nonna et fit un tour d'honneur dans le bourg de Tréoultré.

Ronan se retourna, ne lâchant pas les rênes, et lança ces paroles dans le vent : « On se rend à la maison de la dune ? Ou préférez-vous passer d'abord chez les Jehan ? »

D'une même voix, elles répondirent : « À la maison de la dune ! », puis rentrèrent dans un mutisme qui inquiéta Ronan. Naïk, ballottée, secouée par les cahots, avait mal au cœur. Angélique reconnaissait chaque détail du parcours, avec l'impression qu'auparavant tout était plus grand. Absente quelques mois, elle découvrait son pays avec les yeux d'un enfant. Durant son exil parisien, on lui avait laissé ignorer naufrages, accidents à l'usine, revendications. Elle avait vécu dans une bulle. À

Saint-Guénolé, elle constata que les dégâts causés aux maisons et aux usines par le raz de marée de février 1904 avaient été réparés. Elle avait été informée par M. Jehan qui répercutait les nouvelles lorsqu'il venait à l'ouvroir. « Les routes et les champs sont inondés... », s'était-il lamenté.

En apercevant la pointe extrême du phare d'Eckmühl, elle ressentit une grande joie comme aux retrouvailles d'un ami très cher. Il veillait en sentinelle, arc-bouté sur son rocher, défiant tempêtes et déferlantes.

Dans les jardins s'imbriquant entre les maisons du bourg Saint-Pierre flottaient au vent des vestes et pantalons de marin.

Ronan annonça victorieusement : « Ils sont là à t'attendre, Angélique ! »

Les braves gens ! Comment avait-elle eu le cœur de leur tourner ainsi le dos. Sautant du plateau de la charrette, elle atterrit dans les bras de Corentine, pendant que Louis aidait Naïk, sa fille future maman, devenue encore plus précieuse. Quant à Gaël, intimidé, il restait en retrait, attendant son tour. Avant de l'embrasser et le serrer dans ses bras, la jeune fille le regarda comme si elle le découvrait : « Tu as grandi mon chéri, et tu ressembles de plus en plus à Ma'm...

– Tu ne partiras plus, dis ? » La question avait l'innocence d'un enfant, mais la voix un peu éraillée annonçait qu'il commençait à muer.

« Non, je te promets. Ton métier de marin te change en homme, dis donc ! Tu vas bientôt chiquer ! »

Il rougit, sans doute de plaisir.

Le petit groupe se dirigea vers la maison. Avant d'en passer le seuil, Angélique s'immobilisa pour regarder la maison voisine aux volets clos et murmura à son intention : « Tu es morte en même temps que maman. Il est temps qu'on y fasse entrer la vie… » Ainsi en décida-t-elle, contre vents et marées.

Ils s'assemblèrent autour de la table, en s'excusant de leur simplicité. « Maintenant que tu es une dame, tu nous intimides…, avoua Louis.

– Si vous saviez ce que je suis heureuse d'être là avec vous ! s'exclama la jeune fille. Je vous raconterai tout ce que j'ai vu à Paris, mais il ne faut pas comparer. Je n'ai jamais fait de manières, même si je travaille dans la dentelle », ajouta-t-elle en riant.

C'est vrai qu'ils vivaient dans la simplicité, mais ils communiaient dans la même chaleur. La tourte de pain reposait sur la planche, recouverte d'un torchon. Louis la dégagea et avec son couteau la signa, lui qui jouait les incrédules. Angélique coupa lentement sa tartine dans sa soupe. Elle en avait oublié la bonne odeur. Elle interrogea à la cantonade : « Il n'est pas là, François ? »

Ce fut Corentine qui s'empressa de répondre, comme si elle n'attendait que cela : « Il rentrera tard, il n'a pas pu faire autrement. Tu sais qu'il aimait travailler le bois ? Il s'est fait embaucher au chantier naval de Saint-Gué. Il s'était juré de ne plus partir en mer, maintenant il fait des bateaux pour les autres. Il a des mains en or, mon gars. »

Angélique ne répondit rien. On changea de sujet où il fut question de la tour Eiffel, des vendeurs d'éponges ambulants et de Mme Lucienne. Elle les faisait rire, ils n'en avaient jamais assez. Le nom d'Edmond ne fut pas prononcé.

Le feu dans l'âtre n'avait servi qu'à cuire la soupe. En cette fin de septembre, il ne faisait pas froid, mais par habitude ils s'étaient groupés devant la cheminée à regarder craquer le bois sur lequel parfois de petites flammes renaissaient.

On parla d'un Buannic claudiquant mais heureux de son nouveau sort. Ses connaissances de patron pêcheur reconnues, la conserverie lui avait confié la responsabilité des achats.

Le jour à son déclin, l'obscurité envahit sournoisement la chaumière. On ne rit plus et ce fut l'évocation des disparus, avec juste un brin de nostalgie. On alla jusqu'à regretter les méchants en les parant de qualités : « Le Chacal était un pauvre bougre... On aurait dû l'aider... » « La vieille chiqueuse, avec ses prédictions funestes, si l'*Ankou* l'a conduite au ciel, elle doit regretter de ne pas connaître le diable ! C'est tout de même une payse qui a disparu... » Corentine fit un signe de croix et donna une bourrade dans les côtes de Louis : « Tais-toi, elle va nous jeter un sort ! »

Au même moment, la porte de la chaumière s'ouvrit brusquement, faisant se retourner le groupe familial. Si on ne l'avait pas attendu, on n'aurait pas reconnu la silhouette en contre-jour de François. Il avait plaqué sa main contre la porte. Elle paraissait immense. Corentine n'avait pas laissé percevoir l'inquiétude qui l'avait envahie peu à peu, lorsque à la tombée de la nuit « son grand » n'était pas rentré.

À la lumière des bougies qu'on se décida à allumer, elle exprima son soulagement par un rire : « Tu as roulé ta figure dans la farine ? »

Il essuya d'un revers de manche son visage recouvert de poussière et secoua sa tignasse blanchie :

« C'est de la sciure de bois, Ma'm ! J'en ai jusqu'au fond du gosier !

– On va rincer ça ! », dit Louis sautant sur l'occasion de pouvoir trinquer.

Le garçon aperçut Angélique qui s'était blottie sur le banc de granit à l'intérieur de la cheminée. Ses traits se figèrent une fraction de seconde de surprise et d'admiration. Elle était plus belle que dans son souvenir. Elle alla vers lui qui lui tendait les bras. « La demoiselle de Paris est revenue, lui murmura-t-il en l'embrassant. Pour combien de temps ? », ajouta-t-il avec un brin d'ironie.

« Je ne repars pas, François, à moins que vous ne vouliez plus de moi ? »

Ce fut un chœur de protestations. Gaël se leva et gambada dans l'espace ménagé entre le lit-clos et le vaisselier : « Youpi ! Youpi ! » « Il s'est langui, le drôle... », murmura Louis avec un air de reproche. La mère, toujours soucieuse de son devoir, versa la soupe dans l'écuelle de François et poussa vers lui le pain et le lard froid. « Il faut manger, mon gars ! » Il expédia son souper, dans la hâte de poser la question qui le brûlait : « Tu renonces à la broderie, ma belle ? » Chacun pensa qu'il avait du courage de foncer au cœur du problème, mais la jeune fille ne fut pas choquée et répondit avec franchise : « Pas du tout ! J'ai même de grands projets. »

Ronan ainsi que Naïk, fatiguée de sa journée, s'apprêtant à partir, s'immobilisèrent dans l'écoute des paroles d'Angélique. « J'ai l'intention d'aménager la maison voisine, d'y vivre et d'en faire un ouvroir. »

Ce fut François, plein de bon sens, qui objecta : « Tu vas embaucher des dentellières ? Aussi bien qu'elles travaillent chez elles !

– Elles choisiront. Chez moi elles gagneront plus puisqu'elles m'épargneront d'aller à leur domicile. Et puis j'apprendrai aux débutantes. »

Ils la regardèrent tous, incrédules. Elle reprit : « Sur ma proposition, Mme de Kéradec vend déjà à Mme Lucienne. Je traiterai directement avec le magasin du Faubourg-Saint-Honoré !

– Tu vas en parler à la comtesse ? demanda Ronan.

– Dès demain, si quelqu'un peut m'emmener. Je devrai me rendre tout d'abord chez M. et Mme Jehan. Ils sont si bons avec moi !

– Jamais de pêche le dimanche, et demain c'est dimanche ! Si ma petite femme n'est pas jalouse, je suis ton homme. Mon moussaillon pourrait peut-être nous accompagner ? Hein, Gaël ? », l'apostropha Ronan.

Tout allait vite pour Corentine, l'existence ici était si uniforme. Avec Angélique, c'était toujours la révolution. Elle demanda : « Tu continueras à manger ici, j'espère ? Pour Gaël... » Angélique trancha :

« Bien sûr Ma'm. Nous fréquenterons ainsi les deux maisons voisines. Attendez, ne partez pas, j'ai un petit souvenir pour chacun. »

La jeune fille disparut avec son bagage dans le cellier qui servait aussi de chambre. De longues minutes passèrent, attisant la curiosité de chacun. François, amusé, murmura : « Qu'est-ce qu'elle nous prépare ? » Gaffeur comme à son habitude, Louis donna son avis : « Avec la personnalité de cette gamine, le mari qu'elle épousera n'aura qu'à bien se tenir ! » Corentine le foudroya du regard.

Ils poussèrent tous un « oh ! » d'admiration. Angélique avait revêtu à leur intention sa tenue vert Nil, ainsi que le chapeau assorti, et troqué ses sabots contre des chaussures fines. Elle sortit les cadeaux d'un grand sac de papier fleuri.

Naïk, soudain intimidée, regarda son amie comme une étrangère.

« Tu t'habillais comme ça à Paris ?

– Oui, mais j'étais loin d'être la plus belle. C'est toi qui restes dans le souvenir de tous la reine des Ajoncs, ma chère Naïk.

– Plus maintenant, avec mon gros ventre…

– Au contraire, tu es doublement belle ! »

Corentine ouvrit son cadeau avec précaution : une boîte de mouchoirs, tandis que Louis, découvrant un réveille-matin, réclama qu'on le fît sonner séance tenante !

Pour Gaël, Angélique avait choisi un livre illustré d'images d'Épinal : *Le Sapeur Camember*. Le titre déjà fit éclater de rire le jeune garçon.

Quant à Naïk et Ronan, ils reçurent en cadeau deux déjeuners en « porcelaine véritable », agrémentés d'une phrase : *Fluctuat nec mergitur*. Ronan s'exclama : « C'est un bateau comme on n'en fait plus ! », puis il ajouta perplexe : « Qu'est-ce qu'il y a d'écrit ? »

Angélique expliqua : « C'est la devise de la ville de Paris. Cela veut dire : "Il est battu par les flots, mais ne sombre pas". »

Tous s'accordèrent pour dire que la jeune fille avait des idées formidables !

À son tour François la remercia pour ses gants de laine.

« Tes mains ont tant souffert à Terre-Neuve… je n'avais pas oublié. »

Il aurait voulu lui dire… mais il se ravisa.

Ils se souhaitèrent bonne nuit : « Que Dieu vous garde. »

Quelques instants plus tard, la chaumière avait éteint ses lumières. Penmarc'h dormait. Seul le phare, à la cadence d'un métronome, balayait à coups de projecteur la mer qui semblait constellée de joyaux étincelants.

Les Jehan, se doutant de la visite de leur protégée, avaient renoncé à assister à la messe et la guettait à chaque minute en soulevant le rideau.

À l'ouverture de la porte, le chien s'esquiva pour aboyer sous le nez du cheval dont les oreilles frémirent devant cette agression subite. Le visage d'Angélique rayonna en voyant le couple ami. En sautant de la voiture, elle s'exclama : « Vous avez changé de chien ?

– Il ne t'a pas attendu pour grandir ! »

Mme Jehan se moqua gentiment de son mari : « Lui qui voulait un "petit" chien ! Il s'y connaît plus en architecture et en histoire qu'en animalerie. Entrez donc, vous avez beaucoup de choses à raconter, Angélique.

– Justement, chère madame, beaucoup de choses, mais notre ami Ronan doit me conduire chez la comtesse avec qui je dois régler une affaire. Je vous promets ma visite d'ici quelques jours et vous dirai tout. »

On dut appeler Gaël, évadé au fond du jardin avec son nouvel ami le chien. Il ignorait qu'en dehors de la chasse et de la surveillance des vaches on pouvait posséder un chien de compagnie qui ne servait à rien !

M. Jehan aida Angélique à grimper dans la voiture et ne put s'empêcher de murmurer à son oreille : « Tu n'as pas fait de bêtise au moins ?

– Non, je vous dis la vérité. Rassurez-vous », répondit-elle en plantant son regard clair dans les yeux de son cher ami.

Au manoir, les êtres et les choses n'avaient pas changé durant ces quatre mois. Seule la végétation arborait des couleurs différentes à chaque saison. Les roses pleurant leurs derniers pétales, les dahlias dressaient leur tête avec arrogance, tantôt en forme d'étoiles de mer, tantôt semblables aux fleurs de papier ondulé colorant les fêtes. Ronan immobilisa son attelage à la grille. Philomène pleura de joie en retrouvant la charmante pensionnaire et fut ravie de faire la connaissance de Gaël. « Les petites sont à la chapelle, conduites par M. le comte, parce que madame a ses migraines. Je cours lui annoncer votre retour. Sans doute descendra-t-elle pour vous recevoir. Entrez dans le salon…

– Ce n'est pas un retour, ma brave Philomène, c'est une visite.

– Mon Dieu, quelle misère ! », psalmodia-t-elle en s'éloignant à petits pas.

Il sembla à Angélique qu'elle s'était encore réduite. Son bonnet au ras des yeux, on voyait surtout son nez pointant au-dessus d'une ombre de moustache qui la faisait encore plus ressembler à une souris.

Dans un bruissement d'étoffe, la comtesse pénétra dans la pièce. Malgré sa migraine, elle avait ce port de tête altier qui ne dérogeait pas. Une fois encore, Angélique compara sa fine silhouette à celles des élégantes du journal *Fémina*, de *L'Illustration* et des modèles filiformes de Cartier-Bresson ! Cette robe de taffetas noire aurait pu être sinistre sans la guimpe d'un blanc immaculé, dont le col escaladait le cou jusqu'au menton, et le scintillement du long sautoir en jais.

Après les politesses d'usage, Mme de Kéradec questionna la brodeuse :

« Je sais par votre patronne que votre ascension est vertigineuse. Je me réjouis de votre succès ; peut-être l'ouvroir y a-t-il contribué ?…

– Madame, je ne sais comment vous prouver ma reconnaissance. Je dois vous décevoir beaucoup d'avoir quitté Paris et le magasin ?

– Je connais une des raisons de votre fuite. C'est courageux mais un peu dommage. Que comptez-vous faire ?

– Ouvrir un atelier à Penmarc'h et continuer de travailler pour Mme Lucienne, si cela ne vous fâche pas.

– Vous êtes libre et à votre âge j'avais l'audace d'entreprendre. Je vous regretterai, mais ne vous blâme pas. »

La comtesse changea de ton et dit d'une voix guillerette :

« J'aperçois les petites qui rentrent de l'office. Peut-être devriez-vous monter dans votre chambre prendre vos dernières affaires. Je m'occupe de votre frère. »

La comtesse se dirigea vers une bibliothèque vitrée. L'enfant ouvrit de grands yeux ronds en voyant tant de volumes serrés les uns contre les autres ! Ils étaient reliés en peau, avec des titres écrits en or… Contre les livres s'appuyaient quelques photos jaunies d'un autre temps enchâssées dans un médaillon. Il remarqua un militaire porteur d'un sabre, un petit garçon engoncé dans un manteau de fourrure et une grand-mère dont il échappa au regard tant elle était sévère.

« Tu sais lire, mon enfant ?

– Oui, madame la comtesse. Je suis allé à l'école jusqu'à mes huit ans, et ma maîtresse s'appelait Mme Lebec.

– Mais c'est très bien tout cela », répondit Mme de Kéradec, touchée par la candeur de l'enfant.

Elle sortit un livre rouge et or dont elle lui fit lire le titre. Il épela : « Robinson Crusoë.

– Ta grande sœur nous a dit que tu travaillais en mer et que tu construisais des maquettes de bateaux. Cette histoire va sûrement te plaire. »

D'une voix étranglée par l'émotion, Gaël la remercia. Angélique, sur le perron, terminait ses adieux : à M. le comte, sorti de ses inventions qui ne voyaient jamais le jour, à Philomène, un peu son ange gardien, et au brave jardinier à qui les abeilles et les fleurs obéissaient. Les jeunes dentellières les embrassèrent à tour de rôle. La comtesse, habituée à se dominer, hâta la séparation avec ces mots : « N'oubliez pas, chère petite, que jamais rien n'est acquis ! », puis elle l'embrassa avec affection.

Les habitants de la dune mirent tant d'ardeur à s'approprier la chaumière de Marie-Jeanne qu'Angélique put installer un atelier sommaire. Grâce à sa renommée, et pour le souvenir de sa chère maman, elle recruta trois femmes, heureuses de ne plus être exploitées par le collecteur, et soulagées de ne plus faire des kilomètres pour vendre la dentelle en ville. L'une d'entre elles la supplia d'embaucher sa petite fille de douze ans qui – selon son dire – faisait preuve de dispositions exceptionnelles. Après hésitation, elle accepta, lui donnant sa chance, et ne le regretta pas, car la fillette toujours de bonne humeur et pleine de bonne volonté se perfectionna rapidement. De plus ce fut une compagne pour Gaël. Lorsque celui-ci rentrait de la pêche, rompu de fatigue, la petite fille lui tendait une cuvette d'eau chaude et un maillot sec. Pour soulager Angélique, elle prenait l'initiative de ranger les bobines, les crochets et les aiguilles, ainsi que les échantillons de points qu'elle déchiffrait avec délectation.

Les représentants n'étaient pas contents. Cette jeune dentellière cassait la chaîne des intermédiaires ; ils lui cherchèrent des poux dans la tête en prétextant que son installation n'était pas légale. À la première occasion, elle fit part de sa situation à Ronan. « Toi qui es le premier des syndicalistes, tu dois te renseigner pour savoir si je suis dans la légalité. » Par

Buannic, au cœur de la conserverie, elle obtint une réponse positive. De trois brodeuses, elles passèrent à cinq, ce qui commença à poser des problèmes de place.

Certains soirs, trop fatiguée, Angélique envoyait Gaël souper chez Corentine et se contentait d'une galette aux pommes. Elle pensait parfois à la démonstration de dentelle qu'elle exerçait dans la vitrine du Faubourg-Saint-Honoré. Inévitablement, la silhouette d'Edmond s'interférait parmi ces images... Avec quelle aisance pénétrait-il dans le magasin ! Ses intonations semblaient toujours à la fête ; ses propos réussissaient à faire sourire les employées moroses et disposaient au plaisir d'acheter les clientes indécises. Avait-elle rompu avec ce qu'elle appelait déjà le passé ?

Son retour coïncidant avec le pardon de Tronoën, elle s'était plongée brutalement dans la ferveur de ses amis bretons. Sevrée de sa langue natale durant des semaines, elle avait savouré de chanter les cantiques ancestraux, suivis sur le parvis de gais refrains un tantinet coquins.

Elle en était là de ses réflexions lorsqu'elle perçut des coups discrets contre la porte. François ! Malgré sa gentillesse qui effaçait de douloureux sentiments, le garçon la regardait toujours avec des yeux noyés d'amour. Afin de ne pas montrer sa propre émotion, elle plaisanta :

« Tu viens rendre visite à la marchande ou à l'amie ?

– Je suis venu te dire combien je t'admire et combien je me réjouis de ta réussite. »

Ces paroles étaient celles d'un véritable ami. Il lui avait emprisonné ses deux mains dans les siennes. Le cœur gonflé à bloc, la jeune fille sentit craquer ses résistances. Elle n'avait parlé à personne de son « aventure », mais, après tout, cette histoire était tout à son honneur…

« François. Personne ne connaît la vraie raison de ma fuite. Je ne me trompe pas de mots : une fuite ! À toi je veux le dire. À Paris, je suis tombée amoureuse d'un homme exquis, une notoriété dans la haute société. Il faisait partie du jury aux Tuileries et s'est intéressé à mon travail. Je pense qu'il était sincère, car c'est grâce à lui que j'ai eu l'emploi dans ce magasin prestigieux. Il m'a adoptée, désirant me faire découvrir Paris, me présentant à des personnes de qualité, peut-être pour les intriguer ou les rendre jalouses ? Correct, patient, il m'a fait évoluer et j'étais très heureuse de cette relation. Il voulait faire de moi "une vraie Parisienne", disait-il. Il a tout gâché lorsque j'ai compris qu'en plus il voulait faire de moi… sa maîtresse. D'après ma patronne, il m'aimait sincèrement. Comment faire confiance à un homme adulé par toutes les belles femmes de la capitale ? Il m'a même proposé le mariage. »

François, qui buvait son discours, l'interrompit avec beaucoup de gentillesse :

« Décidément, tu as la manie d'éconduire tes prétendants ! Celui-là se consolera peut-être vite ? »

L'irruption de Gaël sauva la situation en dispensant Angélique d'engager la conversation sur une pente dangereuse.

Le jeune garçon bouscula une chaise, s'y jeta rageusement et, s'effondrant sur la table la tête cachée dans ses bras, pleura à chaudes larmes :

« J'en ai marre ! Je ne veux plus être marin, “ils” sont trop injustes avec moi ! »

Angélique, penchée sur lui, caressa ses cheveux maternellement :

« Raconte tes misères, mon chéri.

– Je préparais les touques[1] d'eau potable pour l'embarquement de cette nuit, j'en ai lâché une… qui s'est cassée. Ronan m'a sauté dessus en me secouant et a dit que j'étais un incapable. » Il termina sur un sanglot.

---

1. *Bonbonne de verre recouverte d'osier.*

« À l'heure présente, je suis sûre que Ronan regrette sa colère, assura la jeune fille.

– C'est un métier de chien ! hoqueta le gosse en reniflant. Comme la rogue est trop chère pour appâter, il a fixé un moulin à stronk sur le bateau. Qui c'est qui mouline les déchets de la conserverie et les touille avec de la vieille saumure ? C'est moi, toutes les corvées ! »

Après un grand soupir, il reprit :

« J'aimerais mieux m'embarquer comme toi, François...

– Tu ne te rends pas compte de l'enfer que connaissent les pauvres gosses enlevés à leur famille et à leur campagne pour crever de froid à Terre-Neuve ! Regarde-moi petit. Lorsque nous étions rompus de fatigue, transis jusqu'à l'os et affamés, il fallait encore compter les langues de morue pour connaître le résultat de la pêche. Tu crois que nous n'en avions pas marre ? Tu vas prendre du grade, ce sera un autre mousse qui fera ton travail.

– Je le plains d'avance, le pauvre !

– Qu'est-ce qu'il dit Louis ? Il prend ta défense ? demanda Angélique avec inquiétude.

– Pas du tout. Sur le bateau on ne discute pas le patron.

– J'en parlerai à Ronan. Ne te décourage pas... Il serait bon que tu fasses un brin de toilette chez Corentine, suggéra-t-elle. Je t'y accompagne. »

François comprit que l'entretien avec sa tendre amie était terminé. Tous trois sortirent, oubliant de fermer la porte. Le vent s'engouffra dans la chaumière, envolant les paroles et les relents de pourriture.

Ce soir-là, Ronan laissa à penser qu'il arrivait les mains vides chez Corentine où il soupait parfois avec Naïk. Ni tourteaux ni araignées... Louis et Gaël, qui venaient de débarquer avec lui, dissimulèrent mal un fou rire.

« Qu'est-ce que vous mijotez tous les trois ? Les sardines sont revenues ? demanda Corentine.

– Un instant, Ma'm. Débarrassez la table ! Viens m'aider Louis ! », jeta Ronan.

Ils sortirent car ils avaient laissé « la chose » dehors.

C'était un disque d'une blancheur éblouissante, de un mètre d'envergure, épais seulement de la longueur d'une main, avec une nageoire sur le dos, une semblable sous le ventre, rappelant toutes deux une lame de couteau. De chaque côté de cette circonférence, un œil noir les fixait avec une expression humaine. Une minuscule bouche ronde lui donnait un air innocent... « C'est un poisson-lune ! Regardez-le bien, il vient des mers chaudes et il se fait rare... », dit fièrement Gaël qui venait de l'apprendre[1].

Angélique geignit : « Comme il nous regarde... Mais, il est vivant ! Son corps palpite encore ! » Ronan et Louis, qui ne s'appesantissaient pas sur l'état d'âme d'un poisson, se moquèrent de son émoi.

« Le dommage c'est que ça ne se mange pas, plaisanta Louis.

– Salé, il nous aurait donné un mois de nourriture, insista l'autre.

– *Ma Doué !* s'exclama Corentine. Mariée à un pêcheur, je n'ai jamais vu un poisson pareil qui n'a ni queue ni nageoires comme les autres ! Et pas d'écailles sur la peau ! Remettez-moi ça à la mer vous autres. De le voir souffrir, ça me retourne les sangs. »

Ils posèrent l'animal en travers de la brouette et l'accompagnèrent, comme ils l'auraient fait derrière un corbillard, dans son univers liquide. Les hommes ne riaient plus lorsque le poisson-lune basculé dans la vague s'éloigna en ondulant avec lenteur.

---

1. *Le poisson-lune peut peser deux tonnes !*

La mer se referma sur lui en projetant des bulles argentées. Une fraction de seconde ils aperçurent son éperon dorsal qui dessinait un sillon, puis le poisson s'enfonça pour aller… on ne sait où.

XII

L'embellie

Au début de l'hiver, les gestes et les habitudes ne dérogèrent pas au calendrier. Pour la plupart des *penn sardin*, ce fut le retour au foyer où d'autres tâches les attendaient. Durant la saison hivernale, elles le savaient, la conserverie débauchait. Seul un atelier mettait au sel les sprats et les anchois.

Ronan embarqua avec seulement Louis et Gaël pour pêcher à la ligne le grondin, mais également les petits maquereaux.

Le chantier naval ne manquait pas de travail et François, s'il ne s'enrichissait pas, avait le bonheur de contribuer à faire vivre la famille à défaut de celle qu'il rêvait de créer…

Naïk, en promenade avec Angélique sur la grève, sentit ses premières douleurs. Elle s'adossa à un rocher et, se tenant le ventre, rassura son amie. Affolée, Angélique qui n'avait jamais assisté à une naissance supplia Naïk de rentrer à la maison. « C'est l'enfant qui frappe à la porte ! dit Naïk entre deux halètements.

– Tu ne peux pas rester là ! Regarde, la mer monte ! »

En effet, l'eau insidieusement leur couvrait les pieds par petits coups de langue. La douleur lui tordant de nouveau le ventre, la jeune femme rejeta sa tête en arrière en grimaçant, puis la plongea en avant, son menton cherchant à s'enfoncer entre ses seins gonflés.

« Je vais chercher des secours, mais il faut que tu remontes jusqu'au sable sec », supplia Angélique en la soutenant par les bras.

Naïk, impressionnée par le ton autoritaire de son amie, fit les quelques pas nécessaires pour échapper à la marée montante et s'affala sur le sable.

« Ne pars pas ! Ne me laisse pas seule ! »

Trop tard pour quérir la matrone. Angélique retroussa ses manches de velours et, agenouillée, mit au monde le bébé… Les coups de fouet du ressac contre les rochers avaient couvert les gémissements de la maman. En cet instant, à l'heure de l'embellie, les cris du nourrisson rivalisèrent avec ceux d'un goéland.

La petite personne enveloppée dans les châles des deux jeunes femmes vécut ses premiers instants sur la grève. De constitution robuste, elle ne prit pas froid et aspira l'air du large comme si cet univers lui était familier. Ce fut un grand branle-bas dans les maisons voisines ! Corentine, tout à la joie, sortit de l'armoire le drap brodé de son propre trousseau pour accueillir l'accouchée et partit en courant informer la commère[1]. Après avoir mignoté le nourrisson et lui avoir façonné le crâne de ses doigts experts, comme l'aurait fait la matrone, celle-ci s'extasia sur ses rondeurs en déclarant qu'elle porterait le nom de Thumette. Quant au compère, on savait depuis longtemps que ce rôle était réservé à Gaël, mais, par superstition, il n'en fut informé qu'en cet instant par la voix d'Angélique qui cria du môle, à quelques mètres de l'arrimage du bateau : « Ronan ! Louis ! Gaël ! Il est arrivé... » L'équipage se méprit en croyant que ce « il » annonçait un garçon et furent tout surpris, en sautant de l'annexe, d'apprendre qu'il s'agissait d'une petite fille. Bien heureusement, les commises, dont l'usine n'avait plus besoin en ce début

1. *Commère et compère : noms donnés pour marraine et parrain autrefois.*

d'hiver, étant reléguées au coin de leur feu à pleurer les sardines, Ronan ne cacha pas ses larmes de bonheur. Il répétait, en s'essuyant furtivement les yeux : « Une petite fille ! C'est magnifique ! » Il vendit sa pêche dans la hâte, même en faisant des largesses, et cria à quelques connaissances : « Demain, les gars, on arrosera ça à la taverne… ! »

Dans le secret, François avait confectionné au chantier naval un ravissant berceau taillé dans un chêne centenaire. Naïk remercia son frère et installa son trésor comme, hier encore, elle le faisait avec sa poupée.

Revêtu d'une robe de baptême brodée en cachette par les soins d'Angélique durant des heures volées sur le sommeil, le bébé tenu par Gaël sur les fonts baptismaux de la chapelle Saint-Pierre accepta sans broncher l'eau venue du ciel. Naïk, à peine relevée de ses couches, n'assista pas à la cérémonie, considérée encore impure par l'Église. Elle serait d'attaque pour la cérémonie des relevailles.

Le repas eut lieu chez Ronan qui tint beaucoup à illuminer sa maison, laquelle n'avait pas connu d'enfant depuis sa propre naissance.

La petite fille, saucissonnée dans des bandelettes, ne se fit pas oublier.

« Elle couine comme un jeune goret ! s'exclama Gaël en se bouchant les oreilles.

– Elle se fait les poumons, dit François en riant. Tu es pourtant habitué au raffut des mouettes, Dieu sait si leurs cris sont stridents ! »

D'une façon inattendue, il posa doucement sa main sur celle d'Angélique, une main blanche et délicate qui reposait sur la nappe. Elle ne la retira pas. Les traits de son visage ne bronchèrent pas, sauf une esquisse de sourire qui n'échappa pas aux autres. Les hommes rompirent le silence en débouchant une bouteille de *lambig* avec force rigolade. Sans leur exubérance, on aurait pu entendre Corentine ronronner de bonheur.

L'atelier de « Broderie, dentelle et guipures » improvisé sur la dune fonctionnait à plein temps et dépassa les espérances d'Angélique. Mis à part la confection exceptionnelle de coiffes, lacets brodés, parfois celle d'un tablier perlé en vue d'un mariage, la clientèle ne se comptait pas parmi les Bigoudènes du cap Caval à l'escarcelle aplatie depuis le lâche abandon des sardines…

À date convenue, la jeune fille se rendait, grâce à la carriole de M. Jehan, au manoir où la comtesse traitait d'égal à égal son ancienne pensionnaire. Elle recevait les commandes du Faubourg-Saint-Honoré, ainsi que des messages amicaux de Mme Lucienne. Brûlant d'envie de demander des nouvelles d'Edmond, elle étouffait ses souvenirs en s'abîmant dans ses créations.

Un jour, Mme de Kéradec lui apprit le mariage du séducteur. Parfaitement au courant de l'idylle, la comtesse, perspicace, jugea bon de mettre un terme aux états d'âme de l'amoureuse.

Après un pincement au cœur aussi fulgurant qu'un coup de scalpel, Angélique se sentit délivrée. Son entourage lui ayant fait une réputation de femme de caractère, elle se vit forcée d'arracher d'un coup l'épine qui égratignait encore son moral.

Lors d'un souper chez Corentine, alors qu'elle crevait de fatigue après une journée harassante, ce fut elle qui enlaça les doigts de François. Si l'affection de Gaël l'attendrissait, l'imperceptible détachement de Naïk, tout à son bonheur, la poussait d'une rive à l'autre dans un grand désarroi. Patient, François n'attendait que ce moment-là. Leur premier baiser eut lieu dans la douce chaleur de la crèche, où mâchouillait la vache, et la senteur troublante du foin coupé.

Ils n'avaient que trop attendu… On publia les bans sous huitaine et Louis arpenta les hameaux voisins pour lancer ses invitations. À l'aise avec l'écriture, Angélique se chargea de convier les cousins de Belle-Île et un frère de lait établi horloger à Douarnenez dont Louis leur rebattait souvent les oreilles. Mme la comtesse fit un joli cadeau mais, trop occupée, déclina l'invitation, au grand soulagement de Corentine. Mme Jehan, à l'annonce de la grande nouvelle, poussa des petits cris de surprise, imitée par le chien. Elle dévora ses récents magazines de mode, prête à faire une folie vestimentaire à Quimper. Finalement, elle résolut de revêtir son costume bigouden qui gardait ses préférences et choquerait moins le regard des saints bretons ornant l'église.

Le mariage à la mairie aurait pu n'être qu'une formalité, la bénédiction du recteur de Saint-Nonna – dernier lieu de passage de la défunte Marie-Jeanne – considérée par la famille comme prioritaire.

On parla de l'« affaire de la mairie » dans toute la péninsule…

Sous le regard de Marianne, face à un maire rubicond ceinturé de tricolore, prirent place les futurs époux, la famille de la dune, ainsi que les chers amis Jehan, voisins et parents lointains attendus le jour de la cérémonie religieuse.

Glissant ainsi qu'une murène, un homme dont les cheveux et la barbe embroussaillés lui mangeaient le visage prit place au fond de la pièce sur l'extrémité d'un banc. Si les pieds de celui-ci n'avaient pas crissés sur le carrelage, l'assemblée n'aurait rien perçu. Buannic fut le seul à le reconnaître : le Chacal ! Que venait faire ici cet oiseau de malheur ? L'ex-patron, parfois handicapé par son accident en mer, se sentit en une seconde capable de prendre l'intrus par la peau des fesses pour lui faire prendre l'air. Leurs regards se croisèrent, l'un soupçonneux, l'autre un sourire narquois par-dessus sa forêt de poils.

Pour ne pas troubler la cérémonie – puisque le maire, absorbé dans la lecture des droits des époux, n'avait même pas levé la tête –, les deux antagonistes firent semblant de s'ignorer. Vint le moment sacramentel :

« Mademoiselle Angélique Guénolé, fille de Yan Guénolé et de Marie-Jeanne Corre, acceptez-vous… » À ce moment précis, un cri rauque résonna contre les poutres du plafond. Le Chacal éructa : « C'est faux ! Elle est la fille Jehan. Je le jure sur la Constitution ! »

D'un bloc, tous se retournèrent. Certains se dressèrent, faisant basculer leur banc.

Le visage du maire, de cramoisi vira au violet : « Sortez ! Je vous ordonne de sortir !

– Vous n'en avez pas le droit, rétorqua le naufrageur. Chacun peut intervenir et empêcher un mariage s'il y a erreur d'identité. »

Le Chacal s'était avancé dans l'allée centrale, sûr de son bon droit.

Ronan lui barrant le chemin le saisit avec peine par un abattis, gêné par ce capuchon effrangé qui le faisait plus ressembler à un oiseau de proie qu'à une murène. « Fous-nous la paix ! On te croyait au fond de l'eau, on avait même prié pour ton âme…, lui cria-t-il.

– Eh bien c'est raté. Vous ne croyez pas que j'aurais nourri les poissons pour une caisse d'oranges ! Je vous emm… tous ! »

Angélique blottie dans les bras de François sanglota. Gaël effrayé se réfugia aux côtés de Buannic. M. Jehan très concerné, livide, posa sa main sur celle de sa femme avant de gagner le bureau du maire en quelques enjambées. Il se racla la gorge pour éclaircir sa voix cassée par l'émotion : « Monsieur le maire, et vous tous mes amis, je dois rétablir la vérité. Je savais que ce jour arriverait. Ma petite Angélique, oui tu es ma fille. Mme Jehan, magnanime, est au courant depuis nos fiançailles. Pour la mémoire de Marie-Jeanne, ne portez pas de jugement. Je suis seul fautif : j'ai refusé de l'épouser… »

Il se fit un grand silence troublé seulement par les reniflements des femmes qui pleuraient ou sortaient leur mouchoir.

Il vida son sac, heureux de pouvoir enfin se confesser : « Ma petite Angélique, dans ton chagrin tu as eu la chance de recevoir l'affection de Corentine et de Louis. Moi je t'assure de mon amour et de celui de ma femme. » Il ne put en dire plus. Angélique se précipita vers le couple et l'étreignit dans une même embrassade.

M. le maire regarda sa montre et prit une décision pour en finir : « Je reprends : Mademoiselle Angélique Guénolé, fille de M. Jehan… »

Ils dirent oui, et l'assistance dit ouf.

Sur la demande des deux époux, la noce fut simple malgré l'instance du couple adoptif, le mariage de Naïk encore récent ayant déployé toutes les coutumes ancestrales et coûté fortes dépenses.

La jolie mariée avait fait broder son tablier par les ouvrières du manoir. Ce fut M. de Kéradec, représentant la comtesse, accompagné de Philomène, qui lui avait apporté avant le départ pour la mairie.

On s'attendait, de la part de la jeune fille, à une singularité. En effet, elle fut une des premières à ajuster un diadème devant la coiffe bigoudène et à arborer des bas blancs au lieu des noirs traditionnels.

Par égard pour Corentine fatiguée, le jeune couple offrit un repas à la taverne du pays. À quelques pas du seuil, la tête enfouie dans les mains, le Chacal pleurait. Ronan le prit aux épaules et l'avertit : « Tu vas nous laisser tranquilles, hein ?

– Je vous demande pardon à tous. J'ai gâché la cérémonie », hoqueta le bougre.

Ronan se rendit compte qu'il ne jouait pas la comédie. Modérant sa colère, il le lâcha : « Pour quelle raison as-tu fait ce scandale ?

– Parce que j'ai une adoration pour Mlle Angélique. Malgré mes allures de sauvage, j'ai un cœur figurez-vous. Combien de fois j'ai guetté sa silhouette qui se dressait en haut de la dune… J'acceptais que cette déesse ne soit pas pour moi mais, la voyant au bras d'un autre, la souffrance m'a fait perdre la tête… Ne lui dites rien, je vous en supplie ! »

Le groupe ayant pénétré dans l'auberge, seul François avait rejoint Ronan flanqué du lascar. Les deux hommes se consultèrent à l'écart.

François, que beaucoup auraient jugé altruiste, dit au Chacal :

« Nous allons faire la paix. Entre dans la salle de café, je demanderai à l'aubergiste de t'y faire servir notre menu de noce. J'espère que tu aimes le boudin et le riz au lait avec des pruneaux ! Après, tu nous oublies. »

Le Chacal n'avait jamais éprouvé un geste de bonté. Ému, il pénétra dans l'estaminet où il fut servi – comme l'exigea François – avec les honneurs dus à un roi. Les femmes ignorèrent toujours la présence de cet invité surprise qui, sans en prendre conscience, rendit un père à sa fille et révéla à Angélique qu'elle n'était plus une orpheline.

Le repas tirant sur sa fin, l'aubergiste et M. Jehan s'entretinrent avec des mines de conspirateurs.

Deux bouteilles de champagne atterrirent sur la table.

« Du champagne ! », s'exclama Louis, le teint déjà haut en couleur et l'œil allumé. « Nous ne connaissons pas ça par chez nous… »

Tous les regards se tournèrent vers M. Jehan. « Je l'ai rapporté de Paris d'un récent voyage. J'espérais bien qu'il pétillerait pour les noces de ma fille. Et puis il faut boire à la santé de la boutique ! »

Seule Mme Jehan n'écarquilla pas les yeux. Tous les autres se firent répéter : « La boutique ? » M. Jehan ajouta :

« La maison de la dune sera le nid charmant pour nos jeunes mariés, mais je vois mal François parmi les ouvrières, environné de dentelles et assistant à l'essayage de ces dames ! Aussi j'ai trouvé à acheter un petit magasin à Pont-l'Abbé… C'est notre cadeau de noces, n'est-ce pas, ma bonne ? » Il dit cela en posant sa main sur celle de sa femme et la serra très fort.

Épilogue

En 1907, les sardines cessèrent leur caprice en réapparaissant. Alors, la cloche de la conserverie rappela, tel un coup de semonce, les *penn sardin* au travail. Dans un jour naissant, les chaloupes sardinières se hâtèrent vers la baie d'Audierne, voiles écarlates tendues au vent comme des muletas pour capturer enfin les poissons au dos bleu. Sur le quai s'agitèrent de plus belle les commises avec leurs injures et leurs invectives à l'adresse des marins pêcheurs dans l'incessant manège des paniers ronds.

Par les portes ouvertes de la friterie s'échappèrent les refrains des ouvrières :

« Ohé, Ohé,
Sardinières gentilles
Pour ne pas rester filles,

Allez au bord de l'eau
Choisissez votre matelot. »

Les cornemuseux, qui ne perdaient pas une occasion, s'époumonèrent de nouveau dans la cour au moment de la pause pour faire danser les filles.

On se réjouit de revoir les filets couleur d'azur sécher en haut des mâts et les habits de marin s'égoutter dans les jardins... Mais un autre événement allait bouleverser les Bigoudens : la mise en service le 4 juillet 1907 du *Birinik*[1], ce petit train tant attendu reliant Pont-l'Abbé à Saint-Guénolé, dix-huit kilomètres avec arrêts à Plobannalec, Tréffiagat, Guilvinec, Penmarc'h-bourg et... Kérity !

L'hiver on remiserait les charrettes au profit du train pour le transport des maquereaux de dérive à Pont-l'Abbé, puis à Quimper, et enfin vers Paris...

Pour Angélique, se rendre à Pont-l'Abbé devint une partie de plaisir. Lorsqu'elle avait la chance d'être assise, plutôt que d'être exposée au vent ou à la pluie sur la plate-forme, elle ne se lassait pas du paysage, s'amusant de l'envol

1. Nom breton du coquillage : la bernique.

des oiseaux des marais et de la placidité des vaches aperçues dans le bocage.

On venait de loin pour se fournir dans sa jolie boutique. Les femmes recrutées sur la dune l'avaient suivie dans la partie ouvroir, initiées par celle qui restait « la fée du Faubourg-Saint-Honoré ». La fillette embauchée à douze ans était devenue une ravissante jeune fille qui l'assistait dans la vente de coiffes, lacets, épingles et colifichets. Gaël, qui commençait à s'intéresser aux jupons, attendait parfois le train à l'arrêt de Kérity où descendaient les dentellières et cette jolie vendeuse…

Naïk avait repris le chemin de la conserverie. Elle aimait son métier et l'ambiance de l'atelier. Son cher Ronan pêchait la sardine, elle trouvait normal de la mettre en boîte. Elle n'imaginait pas autre chose, rassurée de savoir la petite Thumette aux soins de Corentine. Celle-ci avait l'impression de rajeunir, jouant à cache-cache dans les rochers ou déchiffrant les coquillages comme une nouvelle écriture.

Fin septembre, ils assistèrent tous au dernier pardon de l'année. Le petit train, dont le sifflet se fit entendre à des lieues à la ronde, les approcha de la chapelle de Tréminou. Parmi les centaines de pèlerins, on put voir Louis – le récalcitrant – faire brûler un cierge pour le bonheur de savoir la famille réunie, ainsi que François pour le miracle d'avoir échappé à l'enfer de Terre-Neuve. Naïk serra contre elle son poupon au passage de la sainte patronne. Quant à Angélique, elle offrit son plus beau sourire à M. Jehan à l'instant où la cloche de la chapelle se balança dans son écrin de pierre ajouré. Sa vibration provoqua l'envol des oiseaux et fit tressaillir son enfant porté dans le mystère de ses jupons brodés.

Table des matières

Chez le même éditeur

Sagas familiales et destins singuliers sont au cœur des romans De Borée. Découvrez-les sans plus attendre.

AUCOUTURIER Alain
Aux innocents les mains pleines
La Mère-Nuit
Le Besacier
Le Bon Dieu dans les orties

AUDIDIER Robert
Le Voyage de Pierre Angibaud
Les Trois Frères

AUDOUX Marguerite
Marie-Claire suivi de *L'Atelier de Marie-Claire*

BARBET Jean-Louis
Le Chocolat des temps amers

BARDOT Thierry
Le Hameau des Tailles
Les Mauvaises Herbes
Les Méprises

BARRAL René
La Colère des drailles
Ombres et lumières de Costebelle

BARTHOMEUF Georges, ROUZAIRE Roger
Le Prix de la terre

BÉLARD Paul
La Ferme aux écrevisses

BÉNÉ Robert
La Belle Virginie
La Belle Marguerite
La Belle Mathilde
Le Trésor d'Alpaïde
La Belle du Saint-Laurent
Clémence, une vie ailleurs

BENOÎT Michel
Les Moissons de sang

BERTHÈS Colette
La Mémoire des chemins

BERTHOD Michel
Le Temps des hirondelles

BESSON PIERRE
Un pâtre du Cantal

BOBÈCHE Adrien
Les Confitures du haut de l'armoire
Au vent des brandes

BORMANN Christian
Les Coulées douces

BOSQUET Roland
Les Yeux de Chloé

BOUCHARDY Christian
Le Fugitif de la Saint-Jean
La Trace mystérieuse

BOUCHET Maurice
La Pierre au mercier
Le Chêne foudroyé
La Fille du pertuis
Là où disparaît le torrent
L'Inconnu de Roche-Rouge

BOUDOU Josette
Marie, fille des montagnes
Les Chemins de toile
La Ronde des saisons
La Nuit des abeilles
Les Feux de Bois-Colombes

BOURRET Johan
Quand les loups rôdent

BOUSSUGE Micheline
Le Bois de Bis

BRIAND Charles
Le Foulard de l'aviateur

BUICHE Jean-Pierre
Une petite âme

CALLEROT Geneviève
Treize Grains de maïs

CANAUD Jacques
Le Temps des maquis

CAPPEAU Marie Nicole
Désacœur
Un château de famille

CASTELAIN Anne-Marie
La Promesse
Le Passant de l'été
La Dentellière de la brume

CHALAYER Maurice
Les Promesses du haut pays
La Paix des collines
Un buisson d'aubépine
Le Secret de Jean
La Tourmente

CHARMASSON Guy
La Main du maître
La Basse Terre de Julia

CHATRY Colette
Les Rubans roses

COGNÉRAS François
La Mémoire engloutie

COLLIN Yvon
L'Écorce amère

CORDOUAN Manuel
Les Amants d'Alger

CORNAILLE Didier
La Photo de classe

COSEM Michel
Justine et les loups
Le Bois des demoiselles

CROIZIER Jean-Pierre
La Bonne Providence

DEBRIFFE Martial
Le Secret de la Villa Marianne
Les Peyrie

DELOMME Martine
Un été d'ombre et de lumière

DEMURE Jean-Paul
Les Rosiers de la rue Vermenouze

DRAVAINE Claude
Le Grand Domaine

DUCLOZ Albert
Une étrange récolte
Les Jacinthes sauvages

DUHAMEAU Jacques
Le Vent du Peyradoux

DUPORGE Bernard
La Cabane du berger

DUPUY Daniel
Le Mystère Fontbrune

FABRE Jean-Luc
Le Colporteur des âmes
Une neige de juillet

FARINELLI Bernard
Terre-Dieu

FRONTENAC Yvette
Les Années chantepleure
Éléonore

GALLOIS Christiane
La Clairière aux genêts
Nanou, les doigts pleins d'encre

GAMARRA Pierre
Les Coqs de minuit suivi de *Rosalie Brousse*
L'Empreinte de l'ours

GAY Marie-Claude
Le Vallon des sources
Faustine et le bel amour

GIBERT Sylvie
Derrière les portes
La Grange au secret

GIMBERT Yveline
La Méprise
Le Crépuscule du loup

GONZALÈS Daniel
La Demoiselle du port
Le Temps des cigales

JAILLER Isabelle
Louise, loin du pays

JUBIEN Aurélie
Un jour d'octobre

JUDENNE Roger
Les Terres brunes
Une vie de dimanche
Louison la douce
Le Silence des rives

LABORIE Christian
Les Drailles oubliées
Le Secret des Terres Blanches
L'Arbre d'or
Le Saut-du-Loup
Les Sarments de la colère
Les Bonheurs de Céline
Le Brouillard de l'aube
Les Hauts de Bellecoste

LACOMBE Michel
Les Brûlots de paille

La Bonne École
La Vagabonde de Saint-Ours

LAFONTAINE Jacques
Les Jours de gloire

LAOUENAN Roger
Le Pain bleu
Le Repaire du papillon

LAVARENNE Michelle
La Belle Vie d'Anna
Le Rossignol des Tuilières

LAVISSE Suzanne
Le P'tit Louis de la loge

LEBERT Karine
Nina et ses sœurs
Le Secret d'Emma
Les Mystères de Camille

LEDOUX Ivan
La Guerre des marrons

LEMAIRE Philippe
La Belle absente
La Soureillade
Compagnons de fortune
Gus

MALLOUET Jacques
Années vertes, années noires
Japperenard

MÉRAUX Philippe
Le Chasse-pendule

MERCIER Louis
Les Contes de Jean-Pierre en pays roannais

MICHELIN Yves
L'Héritage trahi

MOSCA Lyliane
Les Gens de Laborde
Les Amants du moulin
La Fille de la Buissonnière

NAVARRO Christine
Le Bonheur en été
L'Échappée belle
L'Éventail d'ivoire

NEGRI (DE) Gérard
La Brûlure des pierres

PALET (DE) Marie
La Demoiselle
Tistou
Mademoiselle Fine
Céline, une vie toute simple
Sidonie des Bastides
Le Village retrouvé
Un chemin de rocailles

PECOU Raymond
Allée des Alyscamps

PÉRILHON Jean
Les Racines de mai

PERRÈVE Paul
La Pierre levée
La Burle

PERROT Philippe
Les Pommiers sauvages

PICCINO Sylviane
Les Sabots de peine

PINCE Jacques
Les Premiers Sillons
Le Goût du blé
La Vengeance de Bogis
L'Ombre du chai
Le Dernier des Bourdignot

PLUCHARD Mireille
La Tresse d'or

PONTY Monique
Un orage dans la tête

PUIJALON Bernadette
L'Œil du vivier
Un parfum de gentiane
L'Heure de l'alouette
Des monts de tempête
Le Loup d'Orcival

RIPERT Pierre
Le Temps d'un été

ROCHE Florence
Des monts de Résistance
Les Hautes Terres
L'Honneur des Bories
L'Héritage maudit

ROSSET Jean
Les Derniers Porteurs de terre

ROYER Roger
La Colline des Maures
Le Médecin de Maurevers
La Dame de la Callune

SABOURIN Pierre
Le Boulanger de Saint-Laurent

SAND George
La Ville noire
Jean de la Roche
Le Péché de monsieur Antoine (tomes I et II)
Le Marquis de Villemer
François le Champi
Le Compagnon du Tour de France *
Le Compagnon du Tour de France **

SOYEZ Jean-Marc
La Vigne à Saint-Romain
Le Bonheur selon Félisse
La Ramandeuse

TAMAIN Louis
Le Renard
L'Énigme de Fontary
Le Miroir aux alouettes

TEMPÈRE Jean
Les Sirènes du lac

TESSIER Colette
Les Carnets noirs

THOULON-LANGUET Michèle
Le Tablier bleu
Maria du bout du monde

TOUATI Claude-Rose et Lucien-Guy
Le Cahier bleu
Les Ombres de la palombière

VAISSIÈRE Marie-Louise
Marie, fille de cocagne

VALETTE Paule
Les Feuilles du pêcher
Soleil de femmes

VÉDRINES Jean-Pierre
Un jour d'orage
Froides Vendanges
Marie des vignes

VERDIER Henri
La Fille du bénitier

VINCENT Claude
Un grain de folie

PEFC
PEFC/10-31-2008